BBULMEDIA

http://www.bbulmedia.com

the 리더

BBULMEDIA FANTASY STORY

희배 퓨전 판타지 소설

the 리더

③

뿔미디어

CONTENTS

이 소설은 픽션이므로 현실과 전부 일치하지는 않음을 미리 밝혀 드립니다.

제1장
시비를 걸겠다면 사양하지 않겠다

"이런 간땡이가 부은 녀석 보게나. 머리에 피도 안 마른 녀석이 조폭들을 동원해서 감히 재벌 그룹을 집어삼키려 한다고? 하여간 조폭들은 다 때려잡아야 해."

"이 순경, 갑자기 무슨 뚱딴지같은 말인가?"

"아, 고 경위님, 여기, 신문을 보세요. 최강권이란 어린 녀석이 조폭 세계를 통일해서 밤의 대통령으로 군림하려고 한다잖아요. 세상이 어떻게 되려는지 대가리에 피도 안 마른 녀석들이 설치니. 이거야 원, 쯧쯧쯧."

고경탁은 이재만 순경이 내미는 C일보의 논평에 눈길을 주었다. 얼핏 보니 정부와 여당에 빌붙어 글을 써서 먹고 사는 전형적인 어용 보수논객인 조재건이 쓴 논설이었다.

조재건은 그럴듯하게 보이기 위해서 재계 서열 50위인 유진통상의 후계자 명일영의 말을 증언 형식으로 기술하고 있었다.

논평에 따르면 명일영은 심야에 차량 10여 대를 동원한 최강권 일당에게 과천 인근 야산에 끌려가 생명의 위협을 받았다고 했다. 자신은 간신히 빠져나왔지만 H그룹 후계자인 K모 씨는 그들의 위협에 굴복해서 결국 그들의 하수인이 되었다는 것이다.

물론 H그룹은 한세그룹을 가리키는 말이고, K모 씨는 김철호를 지칭하는 말이었다. 조재건은 논평에서 건전한 자본주의의 육성을 위해서 국기를 문란케 하는 오만방자한 조폭들을 일소해야 한다고 주장하고 있었다. 다시 한 번 삼청 교육대 같은 건전화 작업을 벌여야 한다고도 했다.

'이 개자식이 지금이 어느 땐데 이런 말을 씨불이고 있지? 남의 눈에 든 티끌은 보여도 자기 눈에 든 들보는 모이지 않는다고 이런 야바위꾼부터 처단을 해야 우리나라가 잘 사는 길이라는 걸 왜 자기만 모를까?'

최강권을 겪어서 나름 인물 그 됨됨이를 알고 있는 고경탁은 조재건의 주장이 허무맹랑하다고 확신하고 있었다.

최강권이란 인물은 나이는 어리지만 강희복 경찰청장도 껄끄럽게 여긴다. 그 말은 최강권이 그만큼 노련하다는 의미였다.

그런 노련한 인물이 재벌 그룹을 집어삼키려고 작정했다면 일을 그렇게 허투루 처리하지 않았을 것이다.

잘은 모르지만 그들을 하수인으로 부리기로 작정을 했다면 김철호만 잡아 두고 명일영을 도망가게 두지 않았을 것이다.

그 내막은 잘 모르지만 H그룹의 실세인 김철호가 최강권에게 협력을 한다고 해도 스스로가 원해서 하는 것이지 위협 때문만은 아닐 것이다. 고경탁은 본의 아니게 최강권과 접할 기회가 많았고, 그 결과 그의 됨됨이를 나름 안다고 할 수 있었다.

그가 아는 최강권은 비록 나이는 어리지만 그가 만난 어떤 사람보다도 가장 인간답고 현명한 사람이었다.

오죽했으면 그가 나이 어린 최강권에게 경외심을 갖게 되었을까?

그 내막은 잘 모르지만 김철호 역시 최강권이란 인물을 만나고 그렇게 느껴서 그런 결정을 했을 것이다.

'이런 개 같은 놈. 제까짓 게 최강권 씨에 대해서 무얼

안다고 감히 이따위 글을 쓰고 있어?'

고경탁은 그런 최강권을 표적 삼아서 너무 원색적으로 죽일 놈을 만드는 논평에 분개했다.

'그런데 도대체 누가 이렇게 써 달라고 주문했지?'

그가 알기로 이런 경우는 대개 정부나 여권 실세의 주문에 의해서 작성되는 주문 논설이 대부분이었다. 언론을 등에 업고 여론을 조작하는 정치가들의 상용 수법인 것이다.

고경탁은 순간 떠오르는 일감으로는 여당의 대권 후보인 서원명이 아닐까 생각했다. 그러다 강희복 경찰청장과 얽혔던 일들을 떠올리고는 강권을 공격하려는 자들이 비단 서원명에 국한되지 않을 것 같다는 생각이 들었다.

선배 이경복의 말에 따르면 강권이 조폭들을 통일하려던 일이 청와대의 주문이었다고 했기 때문이다.

'그래. 어쩌면 더 윗선일지도…… 그나저나 이걸 보고 최 이사님이 가만히 있으려나?'

고경탁은 이렇게 생각하다 이내 강권의 학력이 중학교 중퇴라는 것이 떠올랐다. 대학 졸업자들도 언론 재벌인 C일보와 법적으로 상대하기가 버거운데 법을 잘 모르는 강권으로서는 속수무책일 거라는 생각이 든 것이다.

'죽일 놈들. 법을 잘 모를 것이라는 것을 빌미로 멋대로 인권을 유린해서 자기들의 잇속을 챙기려고 하다니.
그나저나 최 이사님이 섣불리 손을 쓰지 않아야 할 텐
데…….'

고경탁은 이 신문 논평이 강권을 어떻게든 엮으려는
함정이라는 것을 느끼고는 내심 걱정하지 않을 수 없었
다.

자기보다 나이가 어린 강권이었지만 그에게 진짜로 매
료되어 있었던 것이다. 이런 생각이 스치자 고경탁은 안
되겠다 싶어 나름 조언한다고 전화를 걸었다.

—최강권 씨 핸드폰이죠? 저는 고경탁이라고 하는데
잠시 통화를 해도 되겠습니까?

"아! 반갑습니다. 고 경위님. 그런데 무슨 일로 고 경
위님이 전화를 다 주셨습니까?"

—예. 혹시 오늘자 C일보를 보셨는지요?

"아! 예. 그것 때문에 전화를 주셨군요. 그렇잖아도 조
재건이란 자의 논설을 보고 한참 웃었습니다. 자기가 나
에 대해서 무얼 안다고 이런 글을 썼는지 좀 따져 보려는
생각마저 들더군요."

—헐! 최 이사님, 그러시면 정말 안 됩니다. 그 조재건
이란 자는 실세들의 입과 같아서 잘못 건드렸다는 여러
골이 시끄러워집니다.

"하하하! 그래요? 고 경위님, 말이 그렇다는 것이지 누가 그따위 수작에 신경이나 쓰나요?"

말은 그렇게 했지만 강권은 조재건이란 녀석을 손 좀 봐주어야겠다는 생각을 했다.

타초경사(打草驚蛇)라고 조재건이란 풀을 건드려 조재건의 뒤에 도사리고 있는 실체를 알아야겠다는 의도였다.

쇠뿔도 단김에 빼랬다고 강권은 씨크릿 컴퍼니의 1팀장인 장학수에게 전화를 해서 조재건에 대해 시시콜콜 조사하게 했다.

—어르신. C일보의 논설위원인 조재건 말씀이십니까?"

"그래, 장 팀장. 그 사람에 관한 것이면 모든 다 파헤치라고. 일손이 달리면 3팀까지 전부 붙어서 샅샅이 뒤져 보라고. 어차피 3팀까지 하는 일이 많이 겹치잖아."

—예. 알겠습니다. 어르신. 며칠만 시간을 주십시오."

"장 팀장. 그리 급한 것은 아니니까 그렇게 서두를 필요는 없어. 대신에 억울한 일을 당할 사람이 없도록 정확하게 처리해야 하는 것 잊지 말고."

—예. 알겠습니다. 어르신. 즉각 시행하도록 하겠습니다.

한 사람에 대해서 속속들이 까발리는 것은 법망만 피하면 아주 간단하다. 무선전화는 복제폰을 쓰면 되고 유선전화는 단자함에 간단한(?) 장치만 연결하면 통화 내용을 엿들을 수 있다.

또 전산망을 해킹하면 E—mail의 내용은 물론이고 누구와 E—mail을 주고받는지 알 수 있다.

이렇게 하면 조재건의 동향 파악은 물론이고 누구와 무슨 말을 나누는지 철저하게 파악할 수 있다.

장학수는 팀원들에게 최강권의 지시를 전달하고 조재건과 그 직계가족 및 절친들에 대해서 조사할 것을 명령했다.

"팀장님. 이 새끼가 우리 어르신에 대해서 깐 그 새끼 맞죠?"

"그래. 이 새끼에 대한 것이라면 발가락 사이에 난 티눈까지 샅샅이 조사하라신다. 무슨 말인지 다들 알겠지?"

"하하! 팀장님, 우리가 누굽니까? 청와대에서 벌어진 일도 마음만 먹으면 속속들이 알 수 있는데 그깟 녀석에 대해 조사하는 것이야 일도 아니지요."

"야! 이명재, 주둥아리만 놀리지 말고 실적으로 증명

해. 어르신께서 직접 지시하신 일이니까 오늘부터는 만사를 제쳐 놓고 조재건에 대해서 사타구니에 난 점 하나까지도 전부 알아내란 말이야. 당장 시작해. 다른 사람들도 모두 들었지?"

"예. 팀장님."

씨크릿 제1팀원들은 나름 먹물깨나 먹은 사람들이어서 C일보를 보고 다들 분개하고 있던 터였다. 그래서 조재건은 물론이고 그 절친들까지 완전 까발리기로 작정을 했다.

그중 한 사람, 정세기는 153cm에 42kg의 저주받은 신체를 가지고 태어났다. 키가 작은 것이 집안 내력이어서 키가 클 수 있다면 어떤 일이든지 하겠다는 각오를 가지고 있었다. 그리고 실제로도 별짓을 다해 봤지만 150cm 초반에서 성장이 멈췄다.

다행히 정세기의 IQ는 키보다 더 높아서 머리 쓰는 일로 인생의 승부를 보겠다는 야무진 각오를 세웠다.

'앞으로는 컴퓨터가 지배하는 세상이 올 거야. 육체로는 다른 사람들을 압도할 수 없다면 머리로 세상을 희롱할 거야.'

이렇게 결심하고 그가 택한 것은 최고의 컴퓨터 전문

가가 되자는 것이었다.

하지만 조상 복이 없는 놈이 부모 복이 있을 리가 없다.

찢어지게 가난한 집에서 태어난 정세기는 스스로의 힘으로 모든 것을 해결해야 했다. 결국 정세기는 청계천에서 심부름을 하면서 어렵게 컴퓨터를 배울 수 있었다.

하지만 컴퓨터를 배웠다고 달라진 것은 하나도 없었다.

중학교 졸업이 최종 학력인 정세기를 고용하겠다는 곳은 어디에도 없었기 때문이다. 자본주의 사회에서는 결국 돈이 문제였다.

"젠장! 어떤 놈들은 부모를 잘 만나 탱자탱자하면서 편하게 공부하는데 나는 이게 뭐야? 어디 돈 벼락 한 번 맞아 봤으면 소원이 없겠네."

돈에 한이 맺힌 정세기는 돈을 벌 궁리를 하다가 우연히 일본 잡지에서 아주 편한 돈벌이를 발견했다.

은행 컴퓨터망을 해킹해서 휴면계좌에서 잠자고 있는 소액의 예금을 빼내는 방법이었다.

'아무도 신경을 쓰지 않는 눈먼 돈을 챙기면 된단 말이지?'

정세기의 생각대로 100원 단위가 들어 있는 휴면계좌에서 돈을 빼내도 아무도 신경을 쓰지 않았다. 그 정도만 해도 억 단위가 훌쩍 넘어갔다. 정세기는 손쉬운 성공에 고무되었다.

그런데 밤이 길면 꿈도 많아지고 사람의 만족은 끝이 없는 법. 정세기는 거기에 만족하지 않고 더 큰 돈벌이를 찾아 나섰다.

은행전산망에 Trojan(트로이 목마) 바이러스를 심어 놓은 것이다.

'사람들은 10~20원 정도는 신경을 쓰지 않지. 또 예금을 찾을 때마다 조금씩 빼내면 누가 알 게 뭐야?'

정세기는 이렇게 살아 있는 통장에서 예금주가 예금을 인출할 때마다 10~20원의 소액을 인출하기에 이르렀다.

10~20원이 우스운 돈 같지만 계좌가 100만 개가 되면 천만 단위가 넘고 그게 매월 쌓이면 연 수입은 억대가 넘어가게 된다.

아무도 신경을 쓰지 않을 것 같던 그 일로 정세기의 인생이 완전 바뀌게 될 줄은 꿈에도 생각지 못했다.

할 일 없는 사람이 돈이 조금씩 빠져나간다는 것을 발견하고 그 연유를 따졌고, 결국 정세기의 행각이 발각되고 말았다. 결국 그렇게 정세기는 전과자가 되었고 여죄를 추궁하는 과정에서 휴면계좌에서 예금을 인출한 것까지 발각되었다. 그 결과 그동안 모아 놓은 돈까지 몽땅 추징당하였고 결국 그의 인생은 막장을 치달렸다.

감방 안에서의 생활은 말 그대로 적자생존의 그것이었다.

초등학생보다 여린 그의 육체로는 도저히 버텨 나가기 버거웠던 것이다. 정세기가 절망에 빠질 무렵 인생의 디딤돌이 되어 줄 스폰서가 나타났다. 지금 씨크릿 1팀을 맡고 있는 장학수였다.

"아마 그때 장학수 형님을 만나지 못했더라면 자살로 생을 마감했을지도……."

장학수는 비단 보호막이 되어 주었을 뿐만 아니라 컴퓨터에 대해 더 공부할 수 있게끔 뒷바라지까지 해 주었다.

그리하여 정세기는 컴퓨터에 대한 것이라면 누구에게도 뒤지지 않을 실력자가 되었다.

정세기는 그런 이유로 장학수의 충실한 두뇌가 되었다.

그가 목매는 장학수가 어르신으로 모시는 최강권에 대한 일은 정세기에게 있어서 지상과제나 다름없었다.

"감히 이 자식들이 누구를……."

정세기는 일단 조재건의 컴퓨터에 '못 먹어도 고'라는 일종의 백 오리피스(Back Orifice)를 심어 두었다.

미림의 백 오피리스인 '치우천황' 처럼 은밀하면서도 그것과 또 다른 점은 E—mail에 의해서 전염까지 된다는 것이다.

조재건과 E—mail을 주고받으면 자동적으로 '못 먹어도 고' 는 상대 컴퓨터에 전염이 된다는 말이다.

게다가 설령 상대가 백 오피리스의 존재를 알았다고 해도 이쪽에서 연결을 끊어 버리면 추적 불가다.

설사 추적을 하려고 해도 추적을 하려면 전 세계 열여섯 군데 서버를 거쳐야 가능했다. 그런데 여덟 군데 서버를 거치면 자동으로 차단이 되어 버리기 때문에 도저히 추적할 수 없었다.

'못 먹어도 고' 를 만든 정세기가 암흑가의 인물답게 더 악질적이고도 빠져나갈 구멍을 만들어 놓은 치명적인 바이러스였다.

정세기는 조재건과 E—mail을 주고받는 자들의 컴퓨터를 탐색하다가 엄청난 것을 발견했다.

"뭐, 뭐야! 이, 이 컴퓨터의 주인은 안기부 요원 아냐?"

안기부가 국정원으로 바뀐 지가 오래되었지만 정세기에게는 여전히 국정원은 안기부였다. 그뿐만이 아니라 그 안기부 요원과 E—mail을 주고받는 사람들도 간단치가 않았다. 청와대는 물론이고 정, 재계 및 재야를 망라해서 중진에 포진되어 있었다.

"와! 이 사람 대단한데. 어떻게 알고 지내는 사람들이 대기업 부장이나 이사 아니면 교수들뿐이야? 게다가 인사 부서나 총무 부서에 집중되어 있잖아."

아닌 게 아니라 조재건과 E—mail을 주고받는 사람들은 대기업 간부 중에서도 노른자위에 속한 직책을 갖고 있었다.

정세기는 곧장 장학수에게 보고를 했다.

"뭐? 안기부 요원이라고? 세기야, 그러니까 네가 추적하고 있는 컴퓨터 중의 하나가 국정원 요원의 컴퓨터란 말이지?"

"예. 형님. 어, 어떻게 할까요?"

"세기야, 저쪽에서는 이곳에서 해킹하고 있는지 전혀 모른다고 했지?"

"예. 이쪽에서 '못 먹어도 고'를 작동시키지 않는 한 저쪽에서는 전혀 알지 못합니다. 오히려 외부에서 침입해 들어오는 악성 코드나 바이러스를 몽땅 잡아 주기 때문에 컴퓨터가 더 작동이 잘되니 전혀 의심을 하지 못할 걸요."

"알았다. 나는 어르신께 보고를 할 테니 너는 계속 감시나 하고 있어."

"형님 잠깐만요. 안기부 외에도 대기업 임원진들이나 교수들이 상당히 많은데요. 제가 명단을 타이핑해서 드릴 테니 어르신께 드리세요."

장학수는 정세기가 프린트해 준 보고서를 들고 *은천동 집으로 갔다. 정세기가 살고 있는 곳이 신림사거리 근처의 **서원동이니 동은 달라도 엎어지면 코가 닿을 정도로 가까웠다.

"어르신 조재건과 E—mail을 주고받는 자들의 명단입니다."

"흠, 수고했구먼. 그런데 하루 만에 어떻게 이 많은 사람들의 명단을 입수할 수 있었지?"

"제 밑에서 일하는 사람 중에 컴퓨터 귀신이 하나 있어서 가능했습니다."

"그런가? 요즘 컴퓨터 공부를 하고 있는데 언제 시간 내서 그 친구에게 컴퓨터 좀 배워야겠구먼."

"예. 어르신. 그럼 그 친구에게도 영광이지요."

장학수에게 받은 보고서를 읽어 보던 강권은 그놈이 그놈 같아서 도무지 알 수 없자 차를 내온 경옥에게 보여 주었다.

대학원을 포함해서 서울대만 7년을 다닌 경옥이라면 혹시 알 수도 있을 것 같았기 때문이다.

"혹시 당신 이 사람들 알아?"

"어! 이 사람들 대부분 ***뉴라이트 계열 사람들인데 당신이 어떻게 이 명단을 입수했어요?"

"뉴라이트 계열?"

"뉴라이트 계열이 뭐냐 하면요……."

경옥의 말에 의하면 대충 일본 극우파 계열인 산케이 신문사와 후쇼사 출판사와 가깝게 지내는 언론인, 일제 식민통치를 미화하는 실증주의 역사학자들, 친일 반민족 행위자들을 옹호하는 놈들이었다. 문제는 그런 자들이 우리나라의 기득권층이라는데 있었다. 몰랐을 때는 그냥 그놈이 그놈이었지만 일단 어떤 놈들이라는 것을 알게 되자 강권은 밸이 꼴려 입이 거칠어졌다.

"뭐시라? 뉴라이트 계열이라는 것이 싸가지 없는 새끼들이 지 잘났다고 떠드는 놈들이 모여 있는 곳이라고?"

"어휴, 자기야! 내가 괜히 말했나 봐."

경옥은 강권이 이처럼 열을 내는 모습을 본 적이 없이 이렇게 중얼거리고는 말을 이었다.

"딱 그렇다고 말할 수는 없어도 그런 사람들이 많은 편이에요. 게다가 그들 대부분은 주로 서울대, 유학파 등

일류대 출신이다 보니 자신들의 주장이 절대적이라는 착각에 빠져 있답니다."

"아니 어떻게 그런 놈들이 사회지도층이 될 수 있어?"

"휴, 제 말이 그 말이에요. 그게 우리나라의 뼈아픈 현실이기도 하고요."

강권은 경옥의 말에 절로 인상이 찌푸려졌다. 강권이 인상을 찌푸리자 경옥은 한숨을 내쉬며 보충 설명을 했다.

"제가 들은 얘기로는 그래요. 이승만 대통령이 꼬장꼬장한 독립투사들보다 자기가 부리기 좋은 일제 부용인(附庸人)들을 등용시키면서 그렇게 된 것 같아요. 프랑스에서는 2차 대전 후에 나치의 괴뢰 정부인 비시정권에서 빌붙어 일했던 자들 3만여 명을 처형해서 불우했던 역사를 청산했다는데 우리나라는 그렇게 하지 못했다는 거죠. 또한 우리나라 초기 역사학자들이나 경제학자들 대부분은 완전 왜색이 짙은 사람들인데 그들이 서울대를 위시해서 연, 고대 등의 교수로서 그들의 입맛에 맞게 후학을 배양했으니 더 말할 나위도 없죠."

"아니, 이승만 그 양반은 왜 그렇게 했대? 독립운동까지 한 양반이 왜 매국노들을 데려다 쓴 거냐고?"

"누가 아니래요. 믿거나 말거나지만 이승만이 철종의

8촌 동생이래요. 그러니까 조선 왕조의 왕족이라는 것이죠. 문제는 그가 자신이 조선의 왕족이니까 대한민국이 자기 것이라고 생각하고 있었다는 것이에요. 그래서 나름 자기의 것이라고 생각한 대한민국을 발전을 시킨다고 부리기 좋은 일제에 부용한 자들을 고용했으니 누가 누구를 처단하겠어요? 그렇게 첫 단추가 잘못 끼워져서 오늘날 우리나라가 이렇게 된 것이라고 봐야죠."

"그렇다면 이 명단에 있는 자들은 도저히 용서받지 못할 자들뿐인 것 같네. 그렇지?"

"아까도 말씀드렸지만 딱히 그렇다고 단정을 내리기는 좀 그런 것이 뉴라이트 계열도 여러 부류가 있거든요."

경옥은 강권이 국수주의에 가까운 민족주의자라는 것을 알고 있었기 때문에 강권의 생각이 어떻다는 것을 헤아릴 수 있었다.

그래서 이렇게 좀 완곡한 표현으로 강권의 감정을 완화시키려 했다. 강권의 능력이라면 이 명단에 들어 있는 자들은 발을 뻗고 잘 수 없게 만들 것이었기 때문이다.

'강권 씨가 저치들을 혼내 주려는 것 같은데…… 괜찮을까?'

경옥은 내심 이런 마음이었다.

이런 경옥의 마음은 행여나 애꿎은 사람이 도매금으로

넘어갈까 걱정되기 때문이지 강권에게 시달림을 받을 그들이 불쌍해서가 아니었다. 그들에게는 좀 미안한 일이지만 경옥도 그들에 대해 썩 좋은 감정이 아니었다.

그들 중에는 일제가 근대 문물을 우리에게 이식해서 우리나라의 발전의 토대를 만들어 주었다는 소위 식민지 근대화론을 주장하는 자들도 있다. O병도로부터 시작되어 O기백으로 이어지는 소위 O병도 사단의 고영훈, 김병직, 안대근 등의 사학자들이 그들이다.

O병도는 이마니시 류의 수서관보가 되어 '조선사 편찬'이라는 거대한 역사 왜곡 프로젝트에 참여했고 광복 후에는 서울대 역사학과 교수, 문교부 장관까지 지냈다. 우리나라 역사학의 태두로까지 불리는 자가 우리나라 역사를 왜곡하는데 앞장을 섰으니 그 후학들이야 뻔할 뻔 자였다.

경옥이 얼핏 들은 얘기로는 그들은 일본 극우파들로부터 해마다 막대한 연구비를 받고 있다고 들었다. 정부에서 주는 보조금의 무려 10배나 되었다. 그들의 선대는 자신의 출세를 위해 일본놈들 편에 섰고, 후대는 돈에 눈이 멀어 조국을 버렸다.

그런 자들이 후학들을 가르치고 있는데 어떻게 일제에 왜곡된 역사 청산을 제대로 할 수 있겠는가?

경옥이 이런 생각을 하고 있는지 대충 짐작한 강권은 이 명단에 있는 자들을 손봐 주어야겠다는 결심을 굳혔다.

"그대가 이 명단을 작성했는가?"

"예. 어르신."

최강권은 정세기와 이야기를 나누다 보니 40대 중반의 나이에도 불구하고 아직 결혼도 하지 못했다는 것을 알게 되었다.

'저 키에 생긴 것도 엄청 험악하니 결혼하겠다고 나서는 사람이 거의 없겠지.'

물론 장학수의 밑에서 자리를 확고하게 잡았으니 결혼하자고 들면 결혼하는 것이야 아무런 문제도 되지 않을 것이다. 또 한때 거금을 만졌으니 꼬이는 여자들도 적지 않았을 것이다.

하지만 뭣 주고 뺨까지 맞는다는 말처럼 돈 주고 마음까지 아픈 일을 겪고는 마음에 없이 함께 사는 것이 싫어서 결혼을 할 생각을 버렸다는 것이 옳을 것이다.

강권은 관상을 봤던 경험도 상당히 많은데 정세기의 상은 매우 특이했다. 이른바 쥐상이라고 주는 것이 없이 공연히 미운 사람이 있는데 정세기의 관상이 딱 그것이었다.

'이 쥐상의 사람들은 전생에 자기 지위와 위세를 이용해서 남을 해친 사람이 많은데 이 친구 역시 그랬겠지?'

강권은 그런 정세기를 보고 그의 아픔을 느낄 수 있었다.

그렇다고 무작정 그의 아픔을 감쌀 수만은 없는 노릇이었다.

정세기가 이처럼 극단적인 형태의 몸으로 태어난 이유는 자신의 덩치를 믿고 다른 사람들을 괴롭혔던 전생에 근거했을 가능성이 컸다. 물론 윤회의 과정에서 보다 완전한 신성(神性)을 갖기 위해서 이번 생에는 열등의식을 경험한 것일 수도 있다.

강권의 직감으로는 정세기의 경우에는 전자였다.

그러니 전생의 카르마를 해소하지 못한 상태에서 그에게 도움을 주는 것은 그의 후생에도 좋지 않은 영향을 끼칠 것이다.

그런데 강권은 그의 눈에 은연중 나타나 있는 맑은 기운을 보고 전생의 업장을 대부분 해소했다는 것을 느낄 수 있었다.

"정세기라고 했나? 나에게 컴퓨터를 가르쳐 줄 수 있겠지?"

"예. 어르신. 제가 아는 한도 내에서 최선을 다하겠습니다. 그런데 컴퓨터를 전혀 모르시는지요? 이, 이런 말씀 드린다고 노엽게 생각하지 마십시오. 그것이 컴퓨터를 얼마만큼 아느냐에 따라서 가르치는 방법이 달라져서……."

"하하하, 아닐세. 당연하다고 생각하고 있으니까 너무 신경 쓰지 말도록 하게. 나는 따지고 보면 컴퓨터에 대해 전혀 문외한은 아닐세. 컴퓨터 책 서너 권을 외우고 있으니 말일세. 그런데 막상 컴퓨터를 다루려고 하면 책에서 본 것을 어떻게 써먹어야 좋을지 대략난감일세."

말은 서너 권이라고 했지만 사실은 컴퓨터에 관한 책을 적어도 30~40권은 외우고 있었다. 두뇌가 활성화되어 한 번 보면 잊어버리지 않은데다 초대형 K문고와 Y문고에 있는 컴퓨터 서적을 거의 보았으니 최소한 그 정도라고 할 수 있었다.

정세기는 그 심정을 알겠다는 듯 빙그레 웃으며 말했다.

"어르신께서 무슨 말씀을 하시는지 알 것 같습니다. 사실 책만 보고 뭣이든지 알 수 있을 것 같으면 학교나 학원이 뭐가 필요하겠습니까? 바둑을 빗대어 말씀 드리자면 정석을 다 안다고 해서 프로 기사에게 이길 수는 없는 노릇이지요."

"맞아. 그 말을 들으니 누가 했던 말이 떠오르는군."

"……."

"명리학자들이나 점술가들이 책을 쓰는 것은 명리학이나 점술에 더 궁금하게 만들어서 손님을 더 끌어오기 위한 수단이라고 하더군. 원래 사람이라는 동물이 조금 알면 그만큼 더 감질내는 법이거든. 게다가 책을 보고서도 이해할 수 없음으로 인해 자기의 권위가 높아지는 효과도 있고 말이야."

이 말은 이름만 대면 누구나 고개를 끄덕이는 역술가가 한 말이다. 실제로 그 이름값 때문에 그에게 명리학을 배우려면 최소한 1,000만 원 정도는 갖다 바쳐야 한다. 그뿐만이 아니라 중요한 일이 있어 조언을 구하거나 규정된 시간 외에 시간을 뺏으려면 밥도 사고 술도 사야 한다.

어찌 보면 명리학이란 것은 사람의 성격과 심리를 파악해서 개개인의 인생의 패턴을 읽어내는 데에 매우 유용하게 쓰인다.

그렇다고 해서 사주팔자가 그 사람의 운명을 결정해주는 것은 아니다. 사주의 패턴이 대략 5,000여 가지가 있으니 필연적으로 동일한 사주를 갖고 있는 사람이 있을 수밖에 없다. 그런데도 사주가 같다고 똑같은 삶을 살게 될까?

그것은 아니다. 동일한 사주를 갖고 태어났다고 해도 어디에서 태어났고, 부모가 누구이며, 누구와 결혼을 했는가에 따라서 전혀 다른 삶을 살 수 있다. 이 똑같은 사주로 서로 다른 삶을 살게 될 수 있다는 점에서 명리학의 묘미가 있다.

정세기는 강권의 말에 문득 강권이 엄청 사주를 잘 본다고 들은 기억이 났다.

'혹시 이 양반에게 사주를 봐 달라고 해 볼까?'

나이가 40이 넘으니 옆구리가 시린 것 같고 등 긁어 줄 사람도 필요한 것 같다. 더 간절한 것은 내 핏줄이었다. 이 땅에 태어나 내 피를 이어받은 아이를 갖는다는 것은 정상적인 사람이면 누구나 꾸게 되는 희망이었다. 그동안 사주를 보지 않았던 것도 아니었지만 워낙 험한 말을 들어 그 다음부터는 아예 보지 않게 되었다.

"내가……."

"저 혹시……."

한참을 뜸들이던 강권과 정세기가 동시에 입을 열었다가 서로 말을 채 끝내지 못하고 멈추고 말았다.

강권은 정세기를 배려하려고 했고 정세기는 정세기대

로 감히 강권의 말을 잘라 먹은 것이 죄송했기 때문이었다.

강권은 자기가 먼저 말을 해야 정세기가 하려던 말을 할 것이라는 생각에 자기가 하려던 말을 꺼냈다.

"하하하, 내가 자네에게 하려는 말은 자네가 나에게 컴퓨터를 가르쳐 주는 대가로 자네의 키를 좀 크게 해 줄까 하는데 자네가 어떻게 생각하느냐를 물어보려던 것이었네. 이제 자네가 하려던 말을 해 보게."

"예에? 어르신 정말이십니까? 제가 알기로 성장판이 닫혀 버리면 더 클 수 없다고 하던데 제가 어려 보여도 40대 중반이나 되었거든요."

"하하하, 내가 비싼 밥 먹고 왜 빈말을 하겠는가? 인체라는 것은 과학적 가설만 갖고 완전 이해할 수는 없는 오묘한 거라네. 인체의 잠재력을 완전 발현시키면 거의 불가능한 일이 없다고 보아야 한다네. 정신일도 하사불성이란 말이 없는 말은 아니라는 것이지. 그나저나 자네가 나에게 하려던 말은 무엇인가?"

"예. 가능하시면 제 사주를 봐 달라고 간청드리려던 참이었습니다. 어르신."

"하하, 자신의 운명을 안다는 것은 사실은 득보다 실이 많다네. 그래도 상관이 없다면 봐 주도록 하겠네. 사주를 불러 보게."

정세기는 68년생이니 재주가 많다는 원숭이 띠였다.

통상 사람들 사주의 태반은 좋다고 할 수 없는 것들이다.

정세기의 사주 역시 썩 좋다고 할 수 없었다.

사주를 보는 사람들이 그런 사주를 갖는 사람에게 상투적으로 쓰는 말은 모든 것은 마음먹기에 달렸다는 것이다. 또 실제로도 인생의 행, 불행은 사람의 마음먹기에 달린 것이 사실이다.

강권은 정세기의 나이도 있고 해서 어느 정도 솔직하게 말해 주었다.

"자네 사주를 보니 내 가슴이 답답하구먼. 이런 사주로 이 정도까지 살아왔다는 것 자체가 용하네."

"어르신 제 사주가 그렇게 좋지 않습니까?"

"좋다고 말하면 거짓말이네. 그러나 자네의 사주가 특별히 나쁜 것도 아니네. 자네와 같은 정도의 사주를 갖고 태어난 사람이 열에 일곱, 여덟은 되니까 말이야."

이것은 강권이 정세기를 위로해 주려고 한 말이 아니었다.

정성기로 살 때에 근 사십 년 동안 수많은 사주를 봐 왔지만 특별히 좋은 사주를 타고난 사람은 열에 두셋 정도였다.

그렇다고 사주로 그 사람의 운명을 단정 지어서 말하는 것은 불합리하다.

사주팔자는 일종의 삶의 패턴과 단면들을 나열해 놓은 것에 불과하기 때문이다.

사실 선택받은 사람들이 열에 두셋이라고 보면 사주팔자대로 사람이 살아간다고 말할 수 있다. 그럭저럭 자기 삶에 만족하고 살아가는 사람들이 그 정도밖에 없기 때문이다.

그렇지만 동일한 사주를 가진 사람들이 확연하게 다른 삶으로 살아가는 많은 경우를 볼 때 사주는 분명히 극복이 가능한 것이다. 그것은 운명이란 확정되어지는 것이 아니라고 말할 수 있는 대목이다.

강권은 정세기가 자신의 사주가 나쁘다는 말에 실망스런 표정을 짓자 웃으며 말했다.

"하하, 내 경험에 비추어 보면 사주팔자는 분명 타고난 것이라네. 말하자면 운명이라고 할 수 있네. 그런데 이 운명(運命)이란 말에 대해서 분설(分設)해 보면 하늘이 자신에게 준 명(命)을 운전(運轉)한다는 말과 같은 거라고 할 수 있다네."

"어르신께서 하시는 말씀을 얼핏 들어 보면 사주팔자

로 운명이 결정된다고 말씀하시는 것 같습니다. 그런데 자신의 명을 자신이 운전한다고 하는 말은 이해가 가지 않습니다. 어리석은 제가 알아들을 수 있게 좀 쉽게 풀어 주십시오."

"하하, 그럼 내 사견을 말하겠네. 명이란 구체적으로 적시한 게 아니고 추상적으로 예시해 놓은 것에 불과하네. 예를 들어 누군가 두령운(頭領運)을 타고 났다고 치세. 그렇다면 그 사람은 어떤 조직의 우두머리로 살아갈 명을 타고난 것일세. 그런데 조직이란 것은 수만, 수십만이 모여 있는 큰 조직도 있고, 두세 사람으로 이루어진 작은 조직도 있네. 명을 운전한다는 말은 어떤 조직의 두령이 될 것인가는 오롯이 자기 자신의 몫이라는 말일세. 즉, 명은 하늘에서 내렸지만 그 명을 수행하는 주체는 자기 자신이라는 말일세. 자기가 각고의 노력을 한다면 큰 조직의 두령이 되는 것이고, 노력을 하지 않는다면 작은 조직의 두령이 되는 것이란 말이네."

정세기는 비로소 무슨 의미인가 깨달았는지 찌푸렸던 얼굴이 펴졌다.

"어르신 말씀은 제가 열심히 노력을 하면 충분히 더 나은 삶을 살 수 있다는 것이군요."

"바로 그거네. 하늘에서 명을 정해 주었지만 정작 자

신의 운명을 만들어 가는 주체는 자기 자신이라네. 그러니 노력 여하에 따라 운명은 완전 다르게 바뀌어질 수 있는 것이지."

정세기는 언젠가 점술가에게 귀인을 만나면 인생이 완전 바뀔 수 있다는 말을 들었던 적이 있었다. 그래서 장학수에게 도움을 받고 그를 귀인이라 여기고 성심껏 모시겠다는 결심을 했었다.

그런데 정작 귀인은 어쩌면 눈앞의 이 청년이 아닐까 하는 생각이 들었다.

'이분을 붙잡고 늘어져야지. 만약에 이분을 놓친다면 내 인생은 이제 돌이킬 수 없을지 몰라. 이분이 내 주인이라고 생각하고 설사 죽으라면 죽는 시늉까지 할 거야.'

정세기의 이런 결심은 그를 전혀 다른 인생을 살게 만들었는데 그것은 먼 훗날 일이었다.

*은천동:봉천본동이 바뀐 이름.
**서원동:신림본동이 바뀐 이름.
***뉴라이트:20C 후반에 일어난 여러 형태의 보수적이고 우편향적이며 스스로 기존의 보수 우파와는 구별됨을 주장하는 단체 또

는 운동을 가리키는 말이다.

20C 후반부에 사회민주주의와 케인스주의의 복지국가로 인해서 사회 활력은 저하되고, 복지병의 만연으로 위기에 봉착하게 되었다. 이를 극복하고자 감세, 작은 정부, 공기업 민영화, 사회복지 축소, 시장기능 강화 등의 개혁을 주장하는 사람들이 이른바 뉴라이트 계열의 사람들이다. 이와 같은 개혁 조처는 사회민주주의의 요람이라고 할 수 있는 스웨덴마저 긍정적으로 받아들이고 있다.

우리나라의 뉴라이트는 '새로운 우파(New Right)'를 표방하는 일련의 정치 집단이다. 2000년대 이후로 본격적인 활동을 시작하였으며, 뉴라이트의 많은 수는 기존의 우파가 아닌 좌파와 주사파 등 운동권 출신에서 전향을 한 사람들이다.

2004년경부터 기존의 '자유주의 운동'을 '뉴라이트' 라는 명칭으로 바꾸고 보수, 중도 단체를 지향하는 세력화를 시작하였으며 2007년경부터 정부 비판을 통하여 본격적으로 활동하였다.

그런데 우리나라의 뉴라이트 계열은 일제의 일제강점기 근대화에 대한 기여를 인정(소위 '일제은혜론')하였고, 독립운동과 민주화운동을 부정한 반민족 반헌법적 시각을 원색적으로 드러냈으며 햇볕정책은 부정적으로 평가, 북한에 대해서는 적대적인 시각을 드러내었다.

제2장

그래. 막장으로 가자는 말이지?

조재건의 논설은 서원명이 최강권을 을러서 그가 만든 조폭 조직을 차지하기 위한 사전 공작임이 드러났다.

그 논설을 기점으로 경찰은 임의동행 형식으로 씨크릿 팀원들을 소환해서 조사하기 시작했던 것이다. 털어서 먼지 안 나는 사람이 없다고 했는데 최강권을 만나기 전에는 다들 조폭들이었으니 대부분 구속이 되었고 그들이 주축이 된 4, 5, 6 팀은 거의 해체되다시피 했다.

물론 씨크릿이 전부 조폭들로 만들어진 조직이 아니어서 나머지 팀들은 건재했지만 타격이 상당한 것만은 사실이었다.

'이 자식이 정말 해 보자는 거지?'

지었던 죄가 있었으니 응보를 받는다 생각하면 될 일
인데 서원명의 수작을 알고 나니 은연중 열이 받는 강권
이었다.

그러면서도 내심 걱정되는 게 있었다.

자신이 보았던 미래대로라면 지금쯤 서원명은 아들 때
문에 낙마하고 야인이 되었어야 했다. 그렇지만 서원명의
아들 문제는 쏙 들어갔고 서원명은 차기 대통령이 될 가
능성이 엄청 커졌다.

아마 그 이유는 서원명이 청렴한 검사 출신이었고, 국
회의원이 되어서도 부정과는 담을 쌓은 인물이었기 때문
일 것이다.

서원명의 처가가 주체할 수 없을 만큼 돈이 많으니 그
가 부정부패에 연루할 이유가 없던 것이 원인일 수도 있
지만 그렇게 청렴한 인물이었기 때문에 성곡 김차랑에게
선택되어졌다.

영향력이 있는 정치가가 만들어지기 위해서는 3대가
노력해야 한다는 말이 있다.

1대에는 개처럼 벌고, 2대째는 정승처럼 쓰면서 인망
을 얻고 3대째에 비로소 정치가로 명망을 날린다는 말이
다.

서원명의 장인 성곡 김차랑은 자신의 핏줄이 대통령이

되기를 바랐다. 사위 서원명은 대통령감이지만 자기 핏줄이 아니니 기각이다.

그런데 그의 바람은 손자 서효석이 엽색 행각을 일삼음으로서 무산되었다고 봐야 한다. 하지만 고슴도치도 제 새끼는 귀엽다고 성곡은 그런 손자를 영웅호색은 당연한 것이라고 감싸고 돌았다.

손자의 앞길을 막을까 봐 피해자들에게 수억을 들여서 합의를 보고 입막음을 시켰다. 그렇게 날린 돈만 해도 어지간한 빌딩 한 채 값이었다. 처음에 따끔하게 혼을 내주었으면 한 번으로 그쳤을 것을 감싸고 도니 버릇처럼 되었다.

성곡의 정치 기반과 부, 아버지의 명망까지 더하면 버젓한 인재로 성장할 수 있었을 것을 파락호가 따로 없는 인물이 되었다.

그래서 모사재인 성사재천이라는 말이 나온 모양이다.

각설하고, 서원명이 낙마하지 않았다는 것은 천기가 변한 것이 원인이었다. 강권은 그 원인을 이계의 기운의 유입에서 찾았지만 만에 하나 서원명이 천기를 변하게 할 만큼 대단한 인물일 수도 있다는 것을 배제할 수 없었다.

임금은 하늘이 낸다고 서원명이 차기 대통령이 될 가능성이 가장 큰 인물이었기 때문이다.

'아직까지 서원명을 한 번도 보지 않았으니 뭐라고 말할 수는 없지만 설마 그가 정감록에 나오는 정도령 정도는 아니겠지?'

정도령은 우리 민족 고래로 구전되어 오고 있는 인물이다.

그처럼 큰 인물이 조만간 이 땅에 나타날 것이란 걸 강권은 확신하고 있었다. 나라가 흥할 때엔 그만큼 큰 인물이 나오기에 가능하다.

역사상 가장 거대한 제국인 몽고에는 테무친이란 큰 인물이 있었고, 여진의 일개 부족이 청나라를 세워 중국을 통치할 수 있었던 것은 누르하치가 나왔기 때문이다.

서원명이 그 정도로 큰 인물이라면 강권이 사사로운 감정으로 손을 써서는 안 된다. 또한 강권이 날고뛰는 재주가 있다 한들 서원명에게 털끝만큼도 해를 끼칠 수 없을 것이다.

또 그런 일을 행한다면 하늘의 뜻에 정면으로 위배되고 강권이 날고뛰는 재주가 있더라도 비참한 최후를 맞게 될 것이다.

그만 천벌을 받는다면 다행이겠지만 더 큰일은 강권의 절친들에게까지 천벌이 미칠 수 있다.

한동안 고민을 하던 강권은 발등에 떨어진 불은 일단

감옥살이할 수하들의 뒷배가 되는 것이라는 생각이 들자 투덜댔다.

"제기랄, 당장 쫓아가서 혼내 주고 싶지만 무턱대고 덤벼서는 안 되겠지?"

결국 강권은 끓어오르는 화를 억누르고 변호사인 이경복을 수임해서 그와 대책을 논의해야 했다.

"이 변호사님. 경찰에서 범죄를 조사하는 것이 아니라 서원명의 하수인으로 우리 팀원들을 회유하고 있으니 이게 도대체 어떻게 된 일인지 모르겠습니다."

"최 이사님. 경찰이 권력의 시녀 노릇을 한 게 어제 오늘 일이 아니잖습니까. 얼마 있으면 대통령이 될 것이 확실한 서원명에게 잘 보이겠다는 것이겠지요."

"아무리 그렇더라도 이것은 너무하지 않습니까?"

"그게 광복 이후부터 우리나라가 가져왔던 치부나 다름이 없으니 어쩌겠습니까? 경찰이 하루 빨리 본분을 되찾아 국민의 권리를 보호하는 민중의 지팡이가 되어야 할 텐데 아직도 요원하니 그것이 아쉬운 노릇이지요."

그랬다. 이승만 정부는 역사 청산 대신에 부리기 쉬운 친일 매국노들을 대거 등용시켜 그들이 경찰의 수뇌부를 구성했다.

그러니 그들에 의해 발탁된 후대 경찰의 수뇌부들도 그 나물에 그 밥이 아니겠는가? 경찰대 출신들이 경찰 수뇌부에 진입하기 시작하면서 많이 달라지고는 있지만 아직도 경찰을 진정한 민중의 지팡이로 여기기에는 구태의연한 감이 없지 않아 있었다.

강권 역시 그 점을 잘 알고 있었다.

그렇지만 당면 문제는 그렇게 거시적인 것이 아니었다.

경찰이 팀원들의 약점을 잡아 회유하려 한다는 것이었다.

팀원들과 관계된 사람들이 운영하는 가게마다 위생검사, 세무조사 등을 빙자해서 팀원들을 전방위로 압박을 가하고 있었다.

정도의 차이는 있지만 고금동서를 막론하고 권력을 가진 자들이 백성들을 다스리는 방법이었다.

문제는 자신의 목숨을 선뜻 포기할 수 있는 간담을 갖고 있는 사람일수록 자신 때문에 주위가 고통을 당한다는 것에 견디지 못한다. 그러니 경찰의 회유가 먹혀들 가능성이 컸다.

사실 강권도 팀원들이 피붙이의 어려움을 몰라라 할 수 있을 정도로 막돼먹었다면 그들을 선택하지도 않았을 것이다.

the 리더

이경복 변호사에게 돈은 얼마가 들어도 좋으니 최고의 변호사들을 고용해서 팀원들을 변호하라는 말밖에는 달리 할 말이 없었다. 그도 그럴 것이 한두 사람이면 맞춤 대책을 세울 수 있겠는데 구속되어 있는 팀원들이 수십 명이다 보니 제대로 신경을 쓸 수 없었던 것이다. 그러니 속만 들끓었다.

'이 자식을 그냥……'

이 모든 사단의 원흉은 서원명인 것 같아 이를 갈았다.

서원명을 혼내 주자면 못할 것도 없지만 수많은 전생을 경험한 강권으로서는 그렇게 극단적으로 행동하고 싶지 않았다.

그렇지만 약이 오르는 것은 약이 오르는 것이다.

이경복 변호사를 보내고 혼자 이 생각 저 생각하고 있으려니 가슴에서 뭐가 부르르 떨었다.

"뭐가 이래? 어! 이것은……"

진동하고 있는 휴대폰은 갖고 있기만 했지 한 번도 써 보지는 않은 것이었다. 아니 갖고 있는 것조차 가물가물한 것이었다.

씨크릿 팀원들과 특별한 상황에서만 쓰기로 되어 있는 대포폰이었기 때문이다. 액정 화면을 보니 G1이었다.

G1이라면 최종욱이었다. 그는 경옥과 예리나가 압구

정동 H백화점으로 쇼핑하러 간다고 하자 보디가드 겸 운전사로 따라갔다.

최종욱은 무술가로 한때 경호업체에서 일한 적이 있어 강권이 특별히 경옥과 예리나의 경호를 부탁했다.

'경옥과 예리나에게 무슨 일이 생긴 걸까?'

강권은 불길한 생각이 들어 급히 물었다.

"최종욱 군. 무슨 일인가?"

"어르신, 큰일 났습니다! 사모님과 아가씨께서 납치되셨습니다!"

"뭐시라? 도심 한복판에서 그것도 백주대낮에 납치를 당했단 말인가?"

"예. 어르신, 죄송합니다. 순식간에 벌어진 일이라……."

"아무리 그렇더라도 두 사람을 모두 납치당하게 하다니 어떻게 그렇게 안이하게 행동할 수가 있는가?"

강권이 이렇게 말하는 것은 최종욱이 발경을 할 수 있는 무술의 고수였기 때문이다. 그런 정도의 고수라면 어지간한 조폭들 10여 명 정도는 순식간에 해치울 수 있으니 딴 일에 정신을 놓지 않았다면 어떻게 그런 일이 발생할 수 있겠느냐는 질책이었다.

최종욱은 변명하듯 말했다.

"어르신, 죄송합니다. 그런데 저와 막상막하의 인물이 4명이 덤비니 저도 어쩔 수 없었습니다."

"뭐시라? 그 녀석들이 혹시 중국 놈들이 아니던가?"

"예. 단언은 하지 못하지만 그들의 숙련된 쿵푸 솜씨로 볼 때 아마 그런 것 같았습니다. 또 그들이 타고 왔던 차량도 지금 생각해 보니 외교 공관에서 쓰는 차량 같았습니다."

강권은 그들이 자신이 생각하고 있던 자들이라면 최종욱 혼자로서는 역부족이라는 것을 인정하지 않을 수 없었다.

강권은 그런 정도의 고수들이 일반인을 상대로 테러(?)를 한다는데 엄청 열이 받았다.

'이 자식들이 감히 내 성질을 건드렸단 말이지? 경옥이나 예리나의 털끝 하나라도 상하게 하면 이 일과 관계된 자들의 씨족을 멸절시켜 버리겠어.'

강권은 이를 뿌드득 갈며 내심 이렇게 결심했다.

한동안 마음을 추스르던 강권은 한숨을 내쉬며 말했다.

"휴우, 알겠네. 내가 알아보겠네."

"어르신, 저 그것이……."

"빨리 말하게. 할 말이 뭔가?"

"저…… 그것이 사모님과 아가씨를 납치한 차량이 도

곡동에 있는 성곡(盛谷)빌딩으로 들어간 것 같아서 말입니다."

"뭐? 성곡빌딩으로 들어갔다고?"

"예. 어르신."

도곡동의 성곡빌딩이라면 서원명의 것으로 알려진 빌딩이었다.

그런데 사실은 서원명의 아내인 김정례 여사의 명의로 된 빌딩이었다. 성곡은 서원명의 장인인 김차랑의 호였다.

김차랑은 군부 출신은 아니었지만 경제통으로 3공화국부터 5공화국까지 권력에 빌붙어 엄청 치부를 한 인물이었다.

3공화국의 수출 드라이브 정책을 수립한 장본인이었으니 당연히 그 정책으로 엄청난 인플레가 발생할 것을 알고 있었을 것이다. 게다가 강남 개발을 주도하기까지 했으니 돈을 버는 것은 누워 떡 먹기였다.

결과적으로 돈을 주체할 수 없을 정도로 많이 벌었다. 정책 입안자가 그 정책을 이용해서 돈을 버는 것은 국민의 고혈을 빨아 치부하는 추악한 범법 행위다.

성곡은 후환이 두려워 입 막음용으로 정계나 언론사에 뿌려서 세인의 입에 오르내리는 것을 방지했다. 또한 돈

세탁을 철저하게 해서 수천억에 달하는 돈을 소유하고 있으면서도 겉으로는 이 성곡빌딩 하나만 갖고 있는 것으로 되어 있었다.

털어서 먼지 나지 않는 사람이 없다지만 성곡은 터는 것을 원천봉쇄했고, 설령 턴다 해도 먼지가 나지 않게 만들어 놓았던 것이다.

'이 녀석이 지금 제정신으로 하는 짓거린가? 서원명, 네 녀석이 막장으로 가고 싶다는 말이지? 그럼 네 녀석이 좋아하는 막장 드라마를 써 주지.'

강권은 끓어오르는 분노를 가라앉히며 최종욱에게 말했다.

"알겠네. 지금부터 내가 알아서 할 테니 자네는 손을 떼도록 하게."

"죄송합니다. 어르신."

"아닐세. 자네가 죄송할 게 무에 있겠는가? 자네가 최선을 다했다는 것을 믿네."

강권은 최종욱에게 이렇게 말하고는 경옥과 예리나의 안위에 대해서 점복(占卜)을 쳐 보기로 했다. 점은 미신 같지만 단순히 미신으로만 볼 수는 없다. 사람들이 믿지 못하겠지만 인간은 누구나 다 예지력을 갖고 있다.

무엇을 원하는지 명확히 결정하고 난 다음에 정신을

집중시키면 그 예지력이 활성화되어 그 결과를 알게 해
준다.

무엇을 원하는지도, 정신을 집중하지도 못하기 때문에
그렇게 할 수 없을 뿐이다.

수천 년 전에 우리 조상들은 그런 사실을 알고 있었다.

전쟁 등 나라의 큰일이 생길 경우 우리 조상들은 그렇
게 해서 그 결과에 대비하고자 했다. 그게 점복술로 진화
되었다.

그리고 명리학과 점은 상보적인 관계다.

명리학이 일반적인 것을 다루는 것이라면 점복(占卜)
은 특수한 상황의 것을 다룬다. 그런데 이 점복이라는 것
이 구체적 상황에서 정신을 집중했을 경우 엄청 정확하
다.

강권은 목욕을 재계하고 정신을 집중시킨 다음에 괘를
뽑았다.

택화혁(澤火革)의 괘가 나왔다. 택화혁은 주역 64괘
중 49번째 괘로 상괘(上卦)는 연못을 상징하는 태(兌)가
하괘(下卦)는 불을 상징하는 이(離)가 자리해서 만들어진
괘다.

말하자면 연못 아래 불이 있다는 말이다. 물이 끓어서 수
증기가 되는 큰 변화를 수반하기에 바뀐다는 의미의 혁(革)

이 붙었다.

주역에서는 이를 한 집안에서 두 여자가 다투는 것으로 본다.

주역의 64괘 중에서 이렇게 두 여자가 다투는 경우는 두 개의 괘가 있다. 그중 하나는 화택규고 다른 하나는 택화혁이다.

전자는 서로 어긋나는 것을 의미하고, 후자는 개혁을 뜻한다.

전자라면 경옥과 예리나에게 큰 변고가 있을 것인데 후자여서 놀람은 있을지언정 크게 위험하지 않는 것으로 해석되어졌다.

강권은 안도의 한숨을 내쉬고 이 괘가 왜 나왔는지 따져 보았다.

"그런데 혁이라니, 나와 서원명의 사이에 커다란 변화가 있다는 것인가? 그렇다면 지금 서로 적이나 다름이 없으니 서로 동지가 된다는 것인데……."

강권은 이해가 되지 않았으나 일단 부딪혀서 알아보기로 했다.

도곡역에서 불과 3분 거리에 있는 12층짜리 빌딩.

이 빌딩은 외면 전체가 통유리로 되어 있어 말끔하게 보였다. 일반적으로 빌딩 외면이 통유리로 되어 있으면 단열에 문제가 있다. 즉, 여름에는 덥고 겨울에는 춥다는 소리였다.

그런데 이 빌딩, 성곡빌딩은 그렇지 않았다. 빌딩을 싸고 있는 유리는 특수 필름이 코팅되어 있어 중앙에서 입력한 수치에 맞게 광도(光度)를 조절할 수 있는 인텔리전스 빌딩이었다.

최첨단 인텔리전스 빌딩이라는 것은 그만큼 보안이 철저하다는 의미로도 해석할 수 있었다. 이중, 삼중의 첨단 보안장치가 있어서 허가받은 사람이 아니면 들어올 수 없다.

서원명은 이 빌딩의 11층과 12층을 사용하고 있었다.

11층은 사무실, 12층 펜트하우스는 서원명이 실제로 살고 있는 곳이었다.

보통 사람들이라면 모두 잠이 들어 있을 새벽 2시.

강권은 성곡빌딩이 바라보며 혼자 중얼거리고 있었다.

그 뒤로 강석천과 송시후가 공손한 자세로 시립해 있었다.

"서원명이 집에 있다고 했겠다. 그럼 어디 너도 납치

당하는 심정이 어떤지 느껴 보라고. 네가 낮에 대한민국
을 지배하겠다면 나는 대한민국의 밤을 지배하려는 사람
이니까 누가 이길지 겨뤄 보자는 말이지. 후후후."

강권은 이렇게 중얼거린 후에 강석천과 송시후에게 말
했다.

"강 이사 그리고 송 군, 집사람과 동생을 데려올 테니
까 여기서 기다렸다가 그녀들을 집에 데려다 주시오."

"사장님, 사장님께서 직접 모시고 가시는 게 어떨는지
요?"

"하하, 나는 다른 일이 있어서 말이오. 부탁 좀 하겠
소."

"예. 알겠습니다. 사장님."

송시후는 사문의 어른이신 강권이 시키는 대로 뭐든
할 수밖에 없었지만 그래도 이해가 안 되는 것은 안 되는
것이었다.

경호 밥을 먹은 지도 수년째여서 강권이 침입하려는
성곡빌딩에 대해서 모를 리 없는 송시후였다.

'대한민국에서 침입하기 가장 어렵다는 성곡빌딩을 혼
자서 침입하는 것도 모자라 여자 두 사람을 데리고 나오
겠다고?'

그것은 송시후의 상식으로는 완전 불가능이었다.

강권이 아무리 경천동지할 능력이 있다고 하더라도 슈퍼맨이나 스파이더맨이 아니고서는 성곡빌딩에 들어가기도 힘들 것이다.

송시후는 고개를 절레절레 흔들면서 사문의 존장이 하는 일을 구경할 수밖에 없었다. 스승인 강석천도 아무 소리도 하지 않는데 자신이 나서서 초를 칠 수는 없는 일이었기 때문이다.

그런데 잠시 후 불가능할 것만 같던 일이 저분이라면 가능한 일로 바뀔지도 모른다는 생각이 들었다.

무협지에서나 있을 법한 벽호공(壁虎功)을 보았기 때문이다.

'어, 어떻게 저런 일이……'

영화에서 보면 첩보원들이 종종 진공흡착기를 사용해서 빌딩에 오른다. 그렇지만 진공흡착기를 사용하더라도 이 성곡빌딩을 오르는 것은 10층까지만 가능했다.

11층은 10층보다 1m가 넓었고 그 넓은 곳은 유리가 아닌 울퉁불퉁한 시멘트로 되어 있었기 때문이다. 그 말은 진공흡착기는 무용(無用)이라는 말이었고 진공흡착기를 써서는 도저히 11층에 올라갈 수 없다는 말이었다.

그렇지만 전설상의 벽호공이라면 그게 가능할 듯도 싶었다.

'과연 저분에게 한계가 있을까?'

직접 보지는 못했지만 스승 강석천이 지나가는 말로 강권이 총알을 피해 내고 잡아 냈다고 말하는 것을 들은 적이 있었다.

그의 기대대로 강권은 12층 펜트하우스 안으로 사라져 버렸다.

펜트하우스에 올라서자 강권은 익숙한 기를 느낄 수 있었다.

'어? 경옥의 숨이 고른 것이 납치를 당한 사람이라고 는 볼 수 없는 걸. 어찌 된 일이지?'

경옥뿐만이 아니라 예리나도 약간 불안하긴 했지만 납치당한 사람치고는 나름 편안한 상태를 유지하고 있었다.

그렇다고 해서 그녀들이 기절한 상태도 아니었다.

강권은 그녀들이 있는 방으로 잠입해 들어갔다.

아니나 다를까 그녀들은 킹사이즈 침대 위에서 껴안고 잠을 자고 있었다.

'허! 이 여자들 보게. 지금 자기들이 어떤 상황에 처했 다는 것을 깨닫지 못하는 모양이지?'

강권은 사일런스 마법을 펼쳐 외부에서 눈치채지 못하 도록 한 다음에 그녀들을 깨웠다.

"여보, 일어나."

"으응, 아이, 자기야, 나 조금만 더 자고요. 방금 잠들었단 말이에요."

"허어, 이 여자가 지금 자신이 어떤 상황에 처해 있는 것도 깨닫지 못하나 보지? 노경옥, 빨리 일어나서 집에 가자고."

"아웅, 자기야, 조금만 더 자고 아침에 가요."

강권은 뭐가 이상하게 돌아간다는 것을 느끼고 경옥의 맥문을 잡고 진기를 불어넣었다. 그러기를 2~3분여가 지나자 경옥이 눈을 비비고 일어나 앉았다.

"여보, 정신이 들어?"

"어! 여보. 우리 여보야 왔네. 지금 나 꿈을 꾸고 있는 것은 아니지요?"

"그래. 당신이 깨어 있는 것 맞아."

"그런데 지금 몇 시예요? 우리 여보야는 언제 오셨어요?"

경옥은 강권의 느닷없는 출현이 너무나 반가웠던지 연신 질문을 해댔다. 그런 경옥을 정감 어린 눈길로 바라보던 강권은 핸드폰을 보여 주며 말했다.

"자! 시간 봤지. 그리고 온 지 얼마 되지 않아. 그보다도 어떻게 된 일이지?"

경옥은 쇼핑을 끝내고 집에 오려다 납치된 때부터 자기 전까지 벌어졌던 일들을 조근조근 얘기하기 시작했다. 경옥의 말에 의하면 서원명은 자정이 다 되어서야 나타났는데 경옥과 예리나를 납치한 것이 그의 본의가 아니었다고 했단다. 그러니까 아랫사람들이 과잉 충성을 하느라고 그런 일이 벌어졌다는 것이었다.

그리고 기왕 여기에 왔고 밤이 늦었으니 아침에 모셔다 드린다고 했다는 것이다.

강권은 경옥이의 말이 끝나자 당장 욕설부터 했다.

"당신은 그 개소리를 믿어? 생각을 해 봐. 아무리 밤이 늦었더라도 그렇지 집이 엎어지면 코 닿을 데 있는데 아녀자를 붙잡아 두고 외박을 시켜? 집에서 얼마나 걱정을 하고 있다는 생각은 왜 못해? 또 자기가 데려다 주기 싫으면 나한테 전화를 했으면 내가 데리러 오지. 안 그래?"

"어머머! 자기는. 서 의원께서도 당신이 집에 있으면 당장 데려다 준다고 했단 말이에요. 그런데 아무리 전화를 해도 받지 않은 사람이 누구지요? 여기 봐요. 내가 당신에게 전화를 몇 통이나 했는지. 핸드폰에 아무리 전화를 해도 안 받으니까 집에도 해 보고, 이모에게도 해 봤는데 당신이 저녁에 아무 말씀도 없이 나가셔서 안 들어

왔다고 하시더군요. 여보, 휴대폰은 들고 다니면서 제때 통화하라고 만들어진 것이어서 휴대폰이 아니겠어요? 그렇게 통화하기가 힘들어서야 어디 비싼 돈을 내고 휴대폰을 개통시킨 보람이 있겠어요?"

생각해 보니 경옥과 예리나가 걱정도 되고, 서원명에게 울화통이 치밀어서 통화하고 있던 대포폰만 들고 나온 것 같았다.

조근조근 따지는 경옥의 말이 사리에 맞아 강권은 달리 대꾸할 말이 없었다. 그래도 홧김에 끝까지 우겼다.

"그렇더라도 그렇지. 어찌 되었든 자기가 부하들의 과잉 충성으로 그런 일이 벌어졌다는 걸 알았다면 곧바로 보내주어야 하는 게 정상적인 사고 아냐?"

"그렇잖아도 서원명 의원님께서 직접 관악경찰서에 연락을 해서 집 근처의 동정이 어떤지 알아보라고 부탁했는데 경찰 말이 집 주위에 수상한 인물들이 진을 치고 있다고 하더라고요. 그래서 당신이 집에 없다기에 겁이 덜컥 나기도 했고, 생각해 보니 이곳이 더 안전하다 싶어 이곳에 있게 된 것이죠."

"……."

"우리가 불안해 하니까 서원명 의원님께서 당신 사람이라 할 수 있는 조호명 장군과 최창하 장군에게 직접 전화를 걸어서 저와 통화하게 해 주기까지 하는데 당신 같으면 그대로 박차고 나올 수 있겠어요? 또 서원명 의원의 평판도 나쁘지 않아 이번 기회에 당신과 대면하게 해 주는 것도 나쁘지 않겠다는 생각도 들었고요. 그게 내조 아니겠어요?"

"그러니까 서원명이 조호명 사령관과 최창하 여단장과 통화를 하게 해 주더란 말이지?"

"예. 두 장군들에게 솔직하게 과잉 충성하는 수하들이 당신을 자기들 편으로 끌어들이려고 저와 예리나를 납치하게 되었다는 말씀까지 하시더라고요."

경옥의 해명에도 불구하고 강권은 서원명의 말을 액면 그대로 믿을 수 없었다.

경옥은 몰라도 전생에 정치가들과도 인연이 상당했던 강권은 정치가들이 어떤 부류의 사람이라는 걸 잘 알고 있었다.

원래 정치가들의 말은 10% 정도만 믿고 나머지 90%는 각색을 했다고 보면 된다. 그런데 서원명의 말을 어떻게 그대로 믿을 수 있겠는가?

강권은 본래 계획대로 경옥과 예리나를 집에 보내고 나서 서원명에 대해서 샅샅이 파헤치기로 작정을 했다.

"자기와 예리나는 집에 가 있어. 강 이사와 송 과장이

당신들을 지켜 줄 거야. 나는 서원명과 얘기 좀 하다 갈
게. 알았지?"

"예. 알았어요."

강권은 경옥의 대답을 듣고 예리나를 깨우려다 멈칫했
다.

예리나가 언제 옷을 벗어던졌는지 알몸이 되어 있었던
것이다.

C컵에 36인치는 될 것 같은 히프와 잘록한 허리, 거
기에 활짝 피기 전인 풋풋한 살 냄새.

이미 한 번 보았던 예리나의 나체였지만 강권은 신체
일부에 급격하게 피가 몰리는 느꼈다. 강권은 예리나가
자기가 온 줄 알고서 부러 옷을 벗었다는 것을 직감했다.

'이 녀석을 보고 있자면 어째서 줘도 못 먹느냐는 CM
이 생각날까? 잡아먹고 말아? 어휴.'

속내는 이랬지만 경옥의 앞인지라 내색은 못하고 짐짓
끌탕을 놓는 강권이었다.

"허! 이런, 말만 한 처녀가 아무 곳에서나 옷을 훌훌
벗어던지고 잠을 자다니. 쯧쯧쯧."

강권이 등을 돌리며 중얼거리는 소리를 듣고는 경옥이
한마디했다.

"흥! 그런 말씀을 하시려거든 먼저 입에 침이나 바르

는 게 어떻겠어요? 듣자니 당신은 이미 이 아이의 알몸을 봤다면서 가증스럽게 뭘 고개까지 돌리고 그러는 건데요?"

"그, 그거야……."

"흥! 됐네요. 당신은 좋겠어요. 예리나처럼 예쁜 아이가 당신이 아니면 평생 혼자 살 거라고 목을 매고 있으니까요."

두 사람이 친하다는 것은 알고 있었는데 이런 말을 주고받을 정도는 아니었다. 납치당하고 함께 있었던 반나절 동안 동병상련의 심정에서 별소리를 다한 모양이었다.

"허, 나는 아니라고. 나에게는 오직 당신뿐이라고."

"흥! 그 거짓말 믿어도 되는 거죠?"

"그렇다니까. 난 정말 당신뿐이라고."

"호호호, 알았어요. 난 그렇게 속 좁은 여자는 아니에요. 다만 당신이 바람을 피더라도 내가 납득할 수 있을 정도의 여자라면 당신 탓을 하지 않겠어요. 남자는 자고로 세 뿌리를 잘 쓰지 못하면 패가망신을 당한다는 말이 있죠? 그 말처럼 내가 판단을 해서 아니다 싶은 여자에게 함부로 흉기를 휘두르고 다니면 당신하고는 끝장이란 것만 알고 계시라고요."

이 말은 경옥의 진심이 담겨 있는 말이었다. 그렇다고

강권이 바람을 피우면 자기도 맞바람을 피우겠다는 것도 아니었다. 그걸 모를 리 없는 강권은 고개를 절레절레 저을 수밖에 없었다.

'자기가 직접 씨앗을 골라 주겠다고? 아니, 이 여자가 어떻게 된 여자야? 지금 시대가 무슨 조선시대인 줄 아나?'

남자인 강권이 생각해도 참으로 해괴망측한 사고방식이었다.

경옥이 이런 사고방식을 갖게 된 것은 강권을 자기 혼자서 감당하기가 너무나 벅찼기 때문이다.

그렇다고 피 끓는 청년인 강권에게 참으라고 강요한다는 것은 자기만 헤아리는 이기적인 일이 아닐 수 없었다.

게다가 엄마 이순임 여사에게서 남편을 출세시키기 위해서는 무슨 일이든지 하라고 세뇌당하면서 컸다. 그 세뇌 교육에는 혼외정사를 묵인하는 것까지 포함이 되어 있었다. 그래서 애인을 따로 만들어 주어도 스캔들이 나지 않게 하기 위해서 자기가 직접 애인을 골라 주겠다는 것이다.

한동안 어이없다는 눈길로 경옥을 바라보던 강권은 예리나를 깨워 옷을 입도록 했다.

예리나가 잠결에 일어나는 척 일어나서 옷을 다 주워

입자 강권은 예리나의 수혈을 짚어 이번에는 완전히 재워 버렸다.

"아니 왜 멀쩡한 애를 잠재우시는 건데요?"

"내가 마법을 쓸 수 있다는 것을 자네는 알지만 얘는 모르잖아. 또 내가 마법을 쓸 수 있다는 것은 자네만 알아야 되는 극비란 말이야. 당신은 이 점을 명심해서 행동하면 좋겠어. 알겠지?"

"예. 알았어요."

강권은 플라이 마법을 써서 경옥과 예리나를 강석천에게 인계하고 집에 데려다 줄 것을 부탁했다.

"그거야 어려운 일이 아니지만 사장님께서는 함께 가지 않으시는 것입니까?"

"몇 가지 알아볼 것이 있어서 나는 나중에 가야겠어. 강 이사, 부탁하겠네."

강권은 강석천의 대답도 듣지 않고 다시 펜트하우스로 올라갔다.

제3장
어떻게 이런 알아?

"뭔 놈의 살림집에 CCTV가 이렇게나 많아? 이게 다 서원명이 뒤가 구리다는 증거가 아니겠어?"

이 빌딩이 서원명의 것이 아니라 김정례 여사의 소유라는 것을 모르는 강권의 짜증 섞인 구시렁거림이었다.

강권은 펜트하우스를 돌아다니며 사람들을 슬립 마법으로 꿈나라로 보내 버렸다.

그 와중에 10여 대가 넘는 CCTV와 마주쳤다. 대충 셈해도 300여 평이 넘을 것 같은 펜트하우스에 10여 대가 넘는 CCTV가 있다면 대략 30여 평에 한 대 꼴이었다.

물론 CCTV가 그렇게 많다고 해도 사각지대로 갈 수

없으면 인비저블 마법으로 움직였으니 CCTV에 찍히지는 않았을 것이다.

하지만 CCTV를 피하기 위해서 그만큼 더 시간이 들고 공력을 소모해야 했다.

강권은 잠든 서원명을 바라보며 의외로 기가 순후함을 느꼈다.

그것은 서원명이 조조처럼 교활한 인물일 거라는 강권의 예상과는 다르다는 반증이었다.

더 놀라운 것은 서원명의 호명(護命)진기가 자신의 기와 호응한다는 것이었다. 호명진기는 전생(轉生)의 흔적이니 호명진기가 호응한다는 것은 전생에 서원명이 자기와 관련이 깊은 인물이라는 증거였다. 다시 말해서 서원명은 전생에 자신과 엄청 친했던 인물이었다는 것을 의미했다.

"어! 누구였지?"

불행인지 다행인지 강권은 자신을 제외하고도 세 명의 전생을 읽을 수 있는 권한 같은 게 있었다. 이 권한은 쓰기에 따라서는 엄청난 무기가 될 수 있었다. 이미 경옥의 전생을 읽는데 한 번 썼으니 두 명의 전생을 더 읽을 수 있었다.

'이 친구의 전생을 읽어 말아?'

만약에 서원명의 전생이 보잘 것이 없었다면 엄청난 기회 비용을 지불한 셈이 된다. 그런데 현생이 대한민국의 대통령이 될 수 있을 정도로 잘나갔다면 전생 또한 나름 괜찮았으리라는 생각도 없지 않아 있었다.

강권은 고민 끝에 서원명의 전생(前生)을 읽기로 결정했다.

"허걱!"

강권은 서원명의 전생을 거슬러 올라가다 놀라운 것을 알게 되었다. 첫 번째 읽은 전생은 19C 개항 전후의 격동의 시절에 우리나라에서 태어난 의원이었다. 의원이라고 해서 허준이나 이제마 정도의 뛰어난 의원이 아니었다.

특이한 점이 있다면 동학 농민운동에 가담했다는 정도였다. 서원명의 그 다음 생은 17C 병자호란 그 무렵에 만석꾼 부자의 외동아들 조태수로 태어났다. 그런데 조태수는 외부에 전혀 반응을 보이지 않는 자폐아였다. 어느 시기를 막론하고 자폐아가 있으니 거기까지는 별로 놀라운 것은 없었다. 그렇지만 그의 뇌리에 든 기억의 흔적들은 놀랍게도 엄청난 과학 지식들이라는 사실이었다.

"어, 어떻게 이럴 수 있지? 어떻게 17C 사람의 두뇌에 그런 엄청난 과학 지식들이 들어 있을 수 있는 거냐고?"

상식적으로 그런 지식들이 뇌리에 들어 있다면 그런 세상에서 살았던 적이 있었다는 말이었다.

어떻게 그러한 일이 가능할 수 있단 말인가?

한참을 생각하던 강권은 하나의 가능성을 도출해 낼 수 있었다.

만약에 *시간의 중첩이 있었다면 이론상으로는 불가능한 것만은 아니었기 때문이다.

"시간이 중첩되었기에 그렇게 파란만장했을 수도 있겠군."

강권은 두 군데 대형서점의 책을 거의 깡그리 외우면서 쌓았던 지식으로 나름 분석한 결과였다.

서원명의 기억 속에서는 파동 엔진을 사용해서 더 이상 에너지 걱정이 없는 세상, 극한 환경에서 살아갈 수 있는 저항성 유전자를 통해서 더 이상 식량 걱정이 없는 세상, 심지어 태내 유전자 조작을 통해서 더 이상 질병 걱정이 없는 유토피아 같은 그런 세상이 펼쳐지고 있었다.

심지어 게임에서 말하는 인벤토리 창과 같은 일종의 무한 배낭이 존재하고 있었다.

아니 서원명의 전생(?)인 윤미르가 만들어 낸 무한 배낭이었다.

"설마 23C에는 판타지 세계에서나 볼 수 있는 인피니트 백을 실제로 만들 수 있게 되었다고?"

인피니트 백은 4차원을 이해하지 않고서는 도저히 만들 엄두조차 낼 수 없는 것이다. 그런데 시험적이기는 했지만 실제로 이 친구가 인벤토리 창과 같은 무한 배낭을 만들어 냈던 것이다.

"허어, 이 친구가 17C에 이 지식들을 활용했다면 역사가 완전 달라졌을 거 아냐?"

17C는 범선을 타고 대륙을 오가는 시대인데 비행기를 만들고 미사일을 만들었다면 천하무적이 아니겠는가?

아니 기관단총에 대포 정도만 만들었다 해도 조선은 세계 최고의 강대국이 되었을 것이다.

그런데 문제는 조태수가 영화 머큐리에 나오는 퍼즐 풀기 도사인 꼬마 시몬처럼 혼자만의 세계에 빠져 있었다는 것이다.

그 다음 서원명의 전생이 강권이 정성기로 살 때 나이와 신분을 떠나 망년지우를 맺었던 조광조였다.

조광조는 중종반정 후에 출사를 해서 유교적 이상사회를 이루려다 기묘사화로 뜻을 이루지 못한 개혁 정치가다.

강권의 전생인 정성기가 조광조에게 너무 빠르게 움직이지 말 것을 몇 차례에 걸쳐 권유했는데 젊은 조광조는 타협을 하려하지 않았다. 결국 조광조의 급진적인 개혁에 중종 또한 조광조를 멀리하게 되었다.

그걸 기화로 남곤, 심정 등의 훈척 세력이 그 유명한 ** '주초위왕(走肖爲王)'의 술수로 조광조를 비롯한 개혁 세력을 일망타진했다.

서원명의 전생이 자신이 탄복했던 인물인 조광조라는 것을 알게 되자 서원명이 남달라 보였다.

"허허, 전생에 못다 이룬 꿈을 이루기 위해서 다시 태어나셨는가?"

강권은 한탄을 하며 서원명의 사주를 풀어 보니 화기격(化氣格) 중에서도 화화격(化火格)이었다. 이 화기격은 격이 제대로 갖춰지면 더할 나위 없는 귀격(貴格)이 된다. 하지만 세운의 흐름을 잘못 타면 자신의 생도 고달플 뿐더러 사회의 지탄을 받는 흉격(凶格)이 된다. 나머지의 해석은 다른 사주와 다를 바 없었다.

"화생토(火生土)라. 우리나라는 오행상으로 토(土)니 나라에 해를 끼치지는 않겠군."

화생토니 오행이론으로 보자면 나라에 해를 끼치지 않는 게 아니라 서원명은 우리나라에 득이 될 인물이었다.

그렇다면 서원명이 대통령이 되는 걸 거리낄 이유가 전혀 없었다.

"그래. 벗이여. 내 그대의 소원을 들어주도록 하겠네."

이렇게 결심한 강권은 서원명을 깨웠다.

서원명은 강권을 보고 소스라치게 놀랐지만 이내 정색을 하고 호통을 쳤다. 서원명이 나름 대가 있는 인물이라는 증거였다.

"헉! 그대는 누구인데 남의 집에 함부로 들어와 있는가?"

"하하! 그대가 먼저 내 집 사람과 동생을 납치하지 않았는가? 나는 그 연유를 묻고자 왔다네."

"무어라? 그럼 그대는……."

"하하! 그렇다네. 지금 생은 최강권으로 살고 있지만 전생에서는 그대와 절친한 벗이었던 정성기라네."

서원명은 눈앞의 젊은이가 뭔 말을 하는지 몰라 눈만 껌뻑거렸다. 강권은 그것을 보고 빙그레 웃으며 서원명의 전생에 대해서 말해 주었다.

"허어, 내가 전생에 조광조였다고?"

"그렇다네. 내가 자네에게 몇 차례나 너무 서두르지 말라고 충고를 했지만 자네는 그 말을 듣지 않고 결국 나보다 먼저 세상을 버렸다네."

"……."

"아마 자네는 전생에 못다 이룬 개혁을 마무리하기 위해서 환생을 한 것 같네. 그렇지만 그대 사주로 보건데 이번 생에도 개혁은 쉽지만은 않아서 자칫 잘못하면 승천하지 못한 이무기가 되기 십상이네."

"내 사주? 그걸 어떻게 알고?"

"하하, 자네의 전생을 읽은 사람인데 그까짓 사주쯤이야 무에 대순가?"

"뭐라고?"

서원명은 강권의 말을 도무지 믿을 수가 없었다. 말 같은 소리를 해야지 전생에, 사주까지 어떻게 알 수 있단 말인가?

그렇지만 자기의 사주를 풀며 입 밖에 나온 말들이 전부 맞아 들어가니 믿지 않자니 믿지 않을 수도 없었다. 게다가 고등학교에 다닐 때 국사 수업 도중에 선생님이 조광조를 말하자 주체할 수 없이 가슴이 뛰었다는 사실을 상기했다.

그 후로 일제에 아부했던 매국노들이 사회의 기득권층이 되어 떵떵거리고 있는 것을 보고는 자기 생을 바쳐서라도 바로 잡겠다고 결심하게 되어 사법고시를 보고 정계에 입문했다.

강권의 말을 듣고 보니 조광조나 지금 생인 서원명도 사회 개혁을 이루려 한다는 점에서 같은 맥락이 아닌가 하는 생각도 들었다.

'그래서 그랬었던 건가?'

속내는 이랬지만 강권의 말을 사실로 받아들이기에 서원명은 너무나 냉철한 이성을 갖고 있었고 숱한 사건을 경험한 노련한 정치인이었다. 그래서 자신의 속내를 감추고 여전히 미심쩍은 태도를 견지했다. 강권은 그런 서원명을 보며 말했다.

"하하, 자네는 자네의 전생을 알고 있다는 내 말을 믿지 못하는 모양이로군. 하긴 그럴 수도 있겠지. 그렇다면 좋네. 내가 자네 전생을 읽었다는 걸 믿도록 해 주겠네."

"……."

"얼마 전에 용인에 있는 코리아 CC에서 자네 아들이 캐디를 강간하지 않았었나? 그것을 보았던 죄로 용인대생 두 명이 이상호 총경이 쏜 총에 맞아 죽었고."

"그, 그걸 어떻게……."

서원명은 무심결에 이렇게 말했다가 자신이 실수했다는 것을 느끼고는 급히 입을 다물었다.

하지만 이미 뱉은 말을 다시 주워 담을 수는 없는 법.

강권이 자신을 빤히 쳐다보자 서원명은 등줄기에 식은

땀이 흘러내림을 느끼고는 급히 강권의 눈길을 외면했다.

강권은 그런 서원명에게 차분히 말했다.

"사실 나는 그 이유 때문에 자네를 낙마시키려고 했다네. 그런데 자네의 전생을 알게 되니 망설이지 않을 수 없구먼."

"……."

"사실 자네는 결혼하지 말았어야 할 상대와 결혼을 했네. 아니, 어쩌면 지금의 부인과 결혼을 한 게 운명인지도 모르겠군. 이를테면 자네 장인인 성곡과 전생에 얽힌 은원을 풀기 위해서 지금의 자네 부인과 결혼을 하게 되었는지도 모르겠다는 것일세."

"……."

"내가 자네 장인을 직접 만나 보지 않아서 잘 모르겠지만 자네 장인인 성곡은 아마도 전생에 중종임금이었을지도 모르겠네. 전생에 내가 보았던 중종은 조선시대 태자가 되지 못한 대부분의 방계왕족이 그랬듯이 극히 자기 방어적이고 소심한 사람이었네. 그래서 자네의 개혁에 위기감을 느끼고 자네에게 사약을 내린 것이 한이 되어 자네를 위해 재산을 벌어 주었는지도 모른다는 말일세."

"……."

강권은 여전히 긴가민가하여 묵비권을 행사하는 서원

명에게 그가 태어나서부터 겪은 일련의 과거 행적을 낱낱이 말했다.

초등학교 때 첫사랑이 누구고, 단짝 친구는 누구며, 사법고시 합격하기 전에 신림동 고시촌에서 있었던 일 등등.

강권이 말하고 있는 것들은 자신이 아니면 도저히 알 수 없는 것들이었다. 그런 것들을 줄줄이 읊어대자 서원명은 강권의 말을 믿지 않을 수가 없었다.

자신의 말에 서원명이 수긍하는 기미를 보이자 강권은 호탕하게 웃으며 말했다.

"하하하하, 이제야 좀 말이 되겠군."

"좋네. 전생에 절친이었다고 하니 자네라고 하겠네. 그럼 앞으로 자네는 어찌할 텐가?"

"어찌기는? 자네를 전폭적으로 도와야지. 그리고 이곳에 와서 느낀 것이지만 자네가 치부라 여기는 아들 효석이는 자네의 훈육이 잘못돼서가 아니라 어쩌면 이 집터의 기가 너무 세서 그렇게 된 것일 걸세."

"집터의 기가 너무 세서 그런 거라고? 기가 센 곳에서 살면 그만큼 집터의 도움을 받을 수 있지 않을까?"

서원명은 눈앞의 이 젊은이가 자신의 유일한 치부를 그의 탓으로 돌리지 않자 솔깃해졌다. 하지만 자신의 상식과는 전혀 다른 말을 하자 급히 되물었다.

"하하하, 과유불급이란 말이 있지? 이 기라는 것도 마찬가지네. 너무 세면 받아들이는 사람이 버티지 못할 때가 있어. 허약한 사람에게 과한 영약을 쓰면 급사를 하는 수가 있다는 것이 바로 그런 이치지."

"……."

"사실 도곡동 일대는 이른바 용의 허리에 탄 과룡처와 같은 곳으로서 양택(陽宅)으로 썩 좋은 곳은 아니네. 그 중에서도 이 집은 특히 더 기가 센 곳이어서 기가 약한 사람들에게는 좋지 못한 영향을 미치기 십상이네. 그런데 자네 아들 효석이의 사주는 그다지 나쁜 편은 아니지만 신약에 속해서 본신의 기가 약한 편이라네. 그런데 너무 과한 기에 노출되다 보니 자연 악영향으로 작용했다는 말이네."

서원명의 인생에서 단 하나의 오점은 아들을 제대로 교육시키지 못했다는 것이었다. 오로지 대통령이 되어 개혁을 이루겠다는 것에만 신경을 쓴 나머지 하나뿐인 아들의 교육에 등한시했던 것이다.

아니, 장인인 김차랑이 손자 효석을 끼고 사니 그가 나설 수가 없었다고 보는 것이 옳을 것이다.

강권이 그런 자신의 치부를 다독거려 주자 서원명은

내심 안도하며 다시 물었다.

"문제점을 지적했다는 것은 그 해결책도 알고 있음을 뜻하는 것, 그 아이 문제를 어떻게 처리해야 하겠는가?"

"아이를 귀국시켜서 특전사에 입대를 시키게. 내가 마침 조호명 특전사령관과 최창하 3공수 여단장을 잘 알고 있으니 그곳에 보내서 그 아이를 사람 구실을 하게 만들겠네."

"흐음, 알겠네. 그런데 앞으로 우리 관계를 어떻게 하면 좋을까?"

"전생에 내가 십여 살이 많으면서도 자네와 친구가 되었으니 친구로 지내는 것이 어떤가? 비록 자네의 사회적 지위가 있지만 나 역시 밤의 대통령이라고 해도 좋을 것이니 그닥 차이가 나는 것은 아닐 것이네."

서원명 역시 나름 정보가 있으니 강권이 어떻다는 것을 잘 알고 있었고 틀린 말이 아니라는 것 또한 알고 있었다.

그렇지만 떨떠름하게 여겨지는 것은 어쩔 수 없었다.

그걸 모를 리 없는 강권이 한 가지 제안을 했다.

"여러 사람이 있는 곳에서는 자네에게 존칭을 붙이도록 하겠네. 대신에 단둘이 있거나 말이 새어 나가지 않을 수족들만 있는 곳에서는 서로 말을 트기로 하는 것이 어떻겠나?"

강권의 제안에 약간 생각을 하던 서원명이 승낙을 했다.

"좋네. 그렇게 하세."

서원명이 승낙을 하자 강권은 웃으며 말했다.

"잘한 결정이네. 정암이, 그 결정으로 내가 자네를 종신 대통령으로 만들어 주도록 하지."

"종신 대통령?"

"그래. 종신 대통령. 어차피 자네가 생각하고 있는 개혁을 성사를 시키기 위해서는 종신 대통령이 되어야 가능한 일이지 않겠나?"

"그거야 그렇지만 종신 대통령은 우리나라 헌법상 도저히 불가능한 일이지 않나?"

"하하, 이 친구, 대한민국에서 안 되는 일이 어디 있는가? 물론 지금 이대로는 도저히 불가능하겠지. 하지만 헌법을 뜯어고치면 가능한 일이 되지 않겠나? 사실 자네 사주로 보면 이번보다는 그 다음 대에 대통령이 될 게 확실하다네."

"자네는 그럼 이번에는 헌법을 뜯어 고치고 다음번에 출마하라는 건가?"

서원명의 물음에 강권은 신비롭게 웃으며 말했다.

"일단 그것은 유보하고 아직 대선이 시간이 좀 남았으니 헌법을 먼저 뜯어고치도록 하게. 서두른다면 대선 전에 헌법을 제대로 뜯어고칠 수 있지 않겠나. 자네 장인이 넘겨준 인맥과 재력을 동원한다면 꼭 불가능한 일은 아닐 것 아닌가?"

"그렇지만 시간상 너무 촉박하지 않겠나?"

"그러니까 얼른 서두르게. 대선 전에 헌법을 뜯어고친다면 무슨 수를 써서라도 내가 자네가 개혁을 이룰 수 있도록 종신 대통령으로 만들어 주겠네."

서원명은 강권이 법에 대해서 잘 몰라 이런 말을 하는 거라고 생각하고 고개를 갸웃거렸다. 그도 그럴 것이 헌법 개정의 발의는 국회의원 재적 과반수나 대통령이 할 수 있는데 이무영 대통령은 헌법 개정을 하지 않으려고 할 것이다.

헌법을 뜯어고친다는 것은 역사적 결단이고, 더구나 종신 대통령이라는 것은 절대 독재를 만들 수 있는 것이어서 더 그랬다.

우리나라 3공의 전례가 여실히 증명하고 있지 않은가 말이다.

그렇다면 천생 국회의원 재적 과반수로 발의하는 수밖에 없다. 그런데 국회의원들 역시 이무영 대통령과 마찬가지 생각일 것이다.

그뿐만이 아니다. 발의된 헌법 개정안은 20일 이상의 공고 기간을 거쳐서 60일 이내에 국회 재적 의원 3분지 2의 찬성을 얻어야 의결된다. 의결되었다고 해서 그것으로 끝이 아니다.

다시 30일 이내에 국민투표를 거쳐서 국회의원 선거권자의 과반수의 투표와 투표자 과반수의 찬성을 얻어야 헌법 개정이 완료되는 것이다.

'허어, 무슨 수로 대통령이나 국회의원을 설득시켜 헌법 개정을 발의하게 만들 것이며, 또 발의되면 국회 재적 의원 3분지 2 이상의 찬성을 얻어야 국민투표에 부치는데 가당키나 하겠는가? 내가 아무리 차기 대통령이 유력하다고 해도 헌법을 개정할 수 있을 정도로 영향력이 있지는 않아. 아니, 내가 차기 대통령이 유력하니까 더 힘든 것을 알고나 그런 말을 하는지 원.'

서원명이 고개를 절레절레 젓는 것을 본 강권은 빙그레 웃으며 말했다.

"하하하! 정암이, 헌법 개정 절차를 밟는 게 어려워서 그렇게 마뜩찮으신가? 걱정하지 말게나. 내가 다 알아서 할 테니."

강권이 자신더러 자꾸 정암이라고 하자 처음에는 자기

가 잘못 들었으려니 했지만 거듭 정암이라고 말하자 불현듯 스쳐 가는 생각이 있었다.

'정암(靜庵)이? 정암이라면 조광조의 호 아냐? 이 친구는 정말 내 전생이 조광조라고 확신하고 있다는 건가?'

강권의 입에서 정암이라는 조광조의 호가 나오자 서원명의 뇌리에 순간적으로 스친 생각이었다.

자기도 조광조라는 인물에 매력을 느끼고 있으니 굳이 부정할 필요는 없을 것 같았다.

서원명은 나직하게 탄성을 토해 내며 자신의 생각을 말했다.

"허어, 그렇게 흰소리할 사안이 아닐세. 헌법 개정 절차가 자네 장담처럼 쉽다면 그동안 벌써 헌법을 바꿨을 걸세. 개정 절차가 너무 까다로워서 쉽게 바꾸지 못하는 거라네."

"하하하! 정암이, 대통령은 모르겠는데 국회의원들이라면 열에 여덟, 아홉은 내 수중에 있다고 해도 과언이 아니니까 말이야."

서원명은 강권의 장담에 어안이 벙벙했지만 이내 뭔가 짚이는 것이 있었다.

"설마?"

"하하, 자네 생각이 맞을 거네. 자네도 알다시피 국회의원치고 제대로 된 인간이 몇 명이나 있는가? 재적 의원 3분지 2는 충분하네. 그러니 걱정하지 말게."

"자네가 무슨 의미로 그런 말을 하는지는 알겠네만 그렇게 해서 국민의 합의를 제대로 도출할 수 있을까?"

"하하, 국민의 합의라고? 자네가 그렇게 순진해서 정말 개혁을 이룰 수나 있겠나? 꿩 잡는 것이 매라는 말이 있네. 그리고 ***흑묘백묘론도 있지 않은가?"

강권의 말은 노련한 정치인의 냄새가 짙게 배어 있었다. 도대체 누가 정치인지 분간이 가지 않는 순간이었다.

강권이 이렇게까지 말하자 서원명은 할 말을 잃어버렸다.

그런데 이무영 대통령이나 강희복 경찰총장에게 들었던 말로는 강권이 그럴 만한 능력이 있을지 모른다는 생각도 들었다.

또한 5년의 임기로 일제 매국노들의 후손들이 득실거리는 기득권층을 뒤집어엎기에는 역부족이란 생각에 이르자 강권의 말에 따르기로 했다.

"알겠네. 자네 말에 따르기로 하지."

"옳은 결정을 내린 것이네. 내가 가진 힘 모두를 자네를 위해 쓰기로 하겠네. 물론 자네가 대한민국을 위해서 일한다는 것을 전제 조건으로 한 약속이네. 만약에 자네가 대한민국을 위해서가 아니고 사리사욕을 위해서 권력을 남용한다면 자네를 죽이는데 내 능력을 쓸 수도 있다네. 자네는 믿지 못하겠지만 내가 죽이려고만 마음먹는다면 자네가 백악관에 있다고 해도 죽일 수가 있다네."

"……."

"꼭 명심해야 할 것이네. 나는 지구상에 있는 어떤 사람이라도 죽일 수 있는 능력을 가졌다네. 이것은 결코 빈말이 아니네."

절대 권력은 절대 부패한다는 말이 있다. 강권은 서원명이 권력을 잡고서도 변할 사람이 아니라는 것을 알고는 있었다.

하지만 권력의 맛을 들이면 혈육도 돌아보지 않는다는 천고의 진리를 간과할 수는 없어 노파심에서 경고를 하였다.

강권의 말을 듣고 있는 서원명은 빈말이 아닐 것이라는 생각이 들었다. 사실 서원명의 집은 백악관에 비할 바가 아니지만 경보장치가 엄청 잘되어 있어서 경보장치를 울리지 않고 자신과 독대하는 것은 거의 불가능했다. 그런데도 자기와 독대하고 있다는 것이 그 증거가 될 수 있었다.

하지만 강권의 손에 자기 피를 묻힐 일은 없으리라고

자신했다. 자신은 지금 이 시간까지 결코 사리사욕을 위해 일하지 않았고, 앞으로도 그럴 것이라고 장담할 수 있었기 때문이다.

"하하, 자네 말을 명심하도록 하지. 하지만 자네가 나를 죽이려 드는 일은 결코 생기지 않을 걸세. 이건 내기해도 좋네."

"하하하, 자네를 믿네. 그리고 자네에게는 미안한 말이지만 나는 자네보다도 대한민국의 미래를 더 믿고 있다네."

"대한민국의 미래가 밝은가?"

"한 가지만 말하지. 200년 후에는 지구상에 대한민국의 비위를 거스를 나라는 없다네. 아니 200년까지 가지 않더라도 앞으로 50년 후에 대한민국의 지위는 2차 대전 후부터 60년대까지의 미국과 같은 정도라네. 그 정도면 대한민국이 어떻다는 것은 잘 알 수 있겠지?"

지금이야 미국의 영향력이 많이 퇴색했지만 2차 대전 결과로 세계의 패권을 잡은 미국은 세계를 쥐락펴락하는 강대국이었다. 대한민국이 그런 나라가 된다니 거짓말이라도 통쾌한 말이 아닐 수 없었다.

강권의 말에 한참 동안 경악하던 서원명은 파안대소를 터트리며 말했다.

"하하하! 자네 말이 거짓말이라도 정말 듣기 좋은 말이로구먼. 그런데 자네 그 거짓말 정말인가?"

"하하하! 믿는 자에게 복이 있다는 말이 있지 않은가? 믿도록 하게. 아니, 믿어야만 하네."

"하하하! 믿겠네, 자네의 능력을, 우리나라의 영광된 미래를 믿겠네."

강권과 서원명의 화기애애한(?) 이야기는 그 뒤로도 1시간가량이나 이어졌다.

---

*시간의 중첩:아인슈타인 박사는 시간과 공간이 어우러진 여러 차원의 존재하는 세계가 우주라고 주장했다. 이 이론에 따르면 여러 시간대가 동시에 존재할 수도 있다. 또한 스티븐 호킹 박사가 주장한 블랙홀 이론에 의해서도 같은 상황이 만들어질 수 있다.

**주초위왕(走肖爲王):조광조가 벌이고 있는 위훈 삭제 운동으로 곤란해진 남곤, 심정 등의 훈척 세력은 중종의 개혁 세력을 멀리하려는 기미를 느끼고 나뭇잎에 꿀로 '주초위왕'을 써서 벌레들이 파먹게 하고 이것을 궁인들에게 전해 중종에게 보이게 했다.

'주초위왕'을 해석하면 주초가 왕이 된다는 말이다. 그런데 조광조의 성인 조(趙)를 파자하면 주초(走肖)가 된다. 해석하면 조광조가 왕이 된다는 의미였다. 결국 중종은 조광조를 비롯한 젊은 개혁파들을 모두 죽이거나 귀양을 보내게 되니 이것이 바로 기묘사화다.

***흑묘백묘론(黑猫白猫論):흑묘백묘를 해석하면 검은 고양이든 흰 고양이든 쥐만 잘 잡으면 된다는 뜻이다. 즉, 고양이 털 빛깔이 어떻든 고양이는 쥐만 잘 잡으면 되듯이, 자본주의든 공산주의든 상관없이 중국의 인민을 잘 살게 하면 그게 제일이라는 뜻이다. 중국의 개혁과 개방을 이끈 등소평이 1979년 미국을 방문하고 돌아와 주장하면서 유명해진 말이다.

흔히 흑묘백묘론이라고 한다.

제4장
거여결의(巨餘結義)를 맺다

석천은 씨크릿 팀원들을 거여동 3공수 여단으로 집합시키라는 강권의 명령에 의아해 하면서도 따르지 않을 수 없었다.

'하, 어르신께서 갑자기 씨크릿 팀원들을 집합시키다니 무슨 일이라도 벌어진 것인가? 또 집합 장소도 왜 하필이면 3공수인가?'

불과 며칠 전까지만 해도 무슨 일이 벌어지더라도 보지 못한 척 근신하라고 하지 않았던가 말이다.

'하긴 어르신께서 행하시는 일이시니 무슨 까닭이 있어서겠지. 어리석은 나로서야 그저 어르신께서 명하신 대로 따를 수밖에.'

이처럼 석천에게 있어 강권의 말은 지상(至上)의 과제였다.

나이는 자기의 절반에도 미치지 못하지만 능력은 자기가 그의 발끝에도 미치지 못한다는 것을 석천은 잘 알고 있었다.

그런데 모이고 있는 팀원들을 하나둘 만나고 그들과 얘기를 나누면서 석천의 의아스러움은 점점 더 커지고 있었다.

"어? 천 부장, 자네는 구속되었지 않는가?"

"예, 이사님. 구속이 되었었지요. 그런데 오늘 아침에 갑자기 검사가 불기소 처분했다고 해서 풀려났습니다."

이건 또 무슨 수작이란 말인가? 있는 트집 없는 트집 다 잡아서 잡아들일 때는 언제고 왜 갑자기 기소를 하지 않겠다는 건가?

온갖 협박과 회유를 일삼던 자들이 무슨 이유로 방면을 시켰단 말인가?

'혹시 천 부장이 변절을……'

불현듯 이런 생각이 들었지만 천성호가 그럴 사람이 아니라는 것을 알기에 이내 자신의 생각을 부정했다. 그렇지만 아무리 생각을 해도 석천의 머리로서는 답이 나오지 않았다.

석천은 고개를 절레절레 흔들며 물었다.

"그래? 그런데 어찌 알고 이곳에 오게 되었는가?"

"예. 어르신께서 직접 전화를 하셔서 구치소에서 나가자마자 3공수 여단 강당으로 집결하라고 하시던데요."

"허, 그래?"

석천은 씨크릿 6팀장인 천성호의 대답에 영문 모를 탄성을 토해 내고 말았다.

그런데 의아스러움은 그것으로 끝이 아니었다. 석천이 여단 정문 초소에 들러 방문 목적을 얘기하려는데 초소장인 조성환 대위가 여단장 집무실로 가 보란다.

"여단장님 집무실로?"

"예. 강 원사님. 오시는 즉시 대장님 집무실로 오시랍니다."

"알겠네. 조 대위."

석천이 의아스러운 것은 여단장 최창하가 자신과 친구여서 자기에게 볼 일이 있으면 직접 핸드폰으로 얘기하는데 왜 초소장에게 지시했느냐 하는 점이었다.

평소에도 최창하는 사적으로 자기에게 할 말이 있으면 자신이 직접 얘기했지 일절 부하를 거치지 않았다. 그런데 왜 전화로 해도 될 것을 굳이 초소장을 거쳐서 하느냔 말이다.

'하, 별일이로군. 이 친구가 왜 그러는 거지?'

석천이 고개를 갸웃거리며 여단장 집무실에 들어서자 내막을 약간 알 것도 같았다.

여단장 집무실에는 전혀 생각지도 못했던 인물들이 앉아서 담소하고 있었기 때문이다.

'어! 이 사람이 왜 여기에 있는 거야? 그리고 어떻게 어르신과 함께 있는 거지?'

지금까지 벌어진 상황으로 보면 강권과 서원명은 원수에 가깝다. 그런 원수와 웃으며 마주하고 있다니 설마 손을 잡기라도 했다는 말인가?

석천이 의혹의 눈초리로 서원명을 바라보고 있자 이 방의 주인인 최창하가 웃으며 말했다.

"하하, 자네 여기 처음은 아니지 않나? 왜 그렇게 어리둥절해 하고 있어?"

"그, 그게 말이지……."

평소라면 친구의 말에 대수롭지 않게 받아들였을 석천이었지만 적이라 할 수 있을 사람이 눈앞에 있자 친구 말이 전혀 귀에 들어오지 않았다.

그래서 당황한 나머지 친구 말에 대충 얼버무리고 강

권에게 인사를 한다는 것이 자기도 모르게 생뚱맞은 표현을 썼다.

"사장님, 식사는 하셨는지요?"

밥 먹었냐고 하는 말은 과거 헐벗고 굶주렸던 시절에 통용되던 인사말이었다.

밥을 해 먹을 쌀이 없어서 풀뿌리를 캐어 죽을 쑤어 먹고 소나무 껍질을 벗겨 먹던 시절, 굶지 않고 밥을 먹는다는 것은 최상의 바람이었다.

그렇지만 굶주림에서 자유로워진 지금에는 도무지 이해가 되지 않은 인사말이 아닐 수 없었다.

모든 것이 풍족해진 90년대 초반에 태어난 보통의 20대 초반이라면 이런 내막을 알지 못하겠지만 강권은 아니었다.

"하하. 강 이사, 지금은 보릿고개가 있던 그 시절이 아니니 좀 더 참신한 인사말을 만드는 게 어떻겠소?"

"예, 명심하겠습니다. 사장님."

강권의 말이 농담이라는 것을 알 수 있으련만 깍듯하게 답하는 석천을 보며 서원명은 강권을 다시 보게 되었다.

그도 그럴 것이 여단장의 고등학교 동기라면 자기와 같은 81학번인데 이제 갓 20대 초반인 어린 강권을 무슨 신이라도 되는 것처럼 떠받들고 있었기 때문이다.

그런데도 전혀 내색을 하지 않고 있는 최창하 여단장의 행동도 서원명에게 상당한 충격을 주고 있었다.

'저 친구 부인인 노경옥이 최창하와 거리낌 없이 얘기를 하더니 본래부터 잘 알고 있던 사이였나?'

이런 의문이 들자 급기야는 자신이 섣부르게 행동을 하고 있는 게 아닌가 하는 자책감마저 들었다. 그런 서원명의 속내를 알아차리기라도 한 것처럼 강권이 말했다.

"하하! 그러고 보니 세 분은 모두 81학번들이로군요. 이 기회에 세 분 모두 친구가 되시는 게 어떻겠습니까?"

"하하, 강 사장님, 저희야 사장님의 말씀에 따르고 싶지만 천하의 서 의원께서 저희 정도를 염두에나 두시겠습니까?"

최창하 장군으로서야 불감청이언정 고소원이었다.

평생 소원인 대장이 되는 것은 든든한 뒷배가 없이는 이루어질 수 없다는 걸 알았기 때문이다.

자기 능력으로서 장군이 된 줄 알았던 때도 있었지만 이제는 진급은 능력보다는 연줄에 달려 있다는 것을 절실히 체감하고 있는 최창하였다.

서원명은 불현듯 강권의 말에 숨겨진 의미가 있음을 느꼈다.

'여기서 벌어진 일들이 외부로 유출되지 않는다고 확신을 한다는 건가?'

서원명은 이런 생각을 하자 즉시 이해타산을 했다.

최창하 장군이나 강석천은 보통 사람들보다 능력이 뛰어났다. 최창하 장군은 군인들 사이에서 나름 신망을 얻고 있고, 강석천이란 인물은 알 만한 사람들은 다 알고 있는 스페셜리스트다.

그러니 그에게 도움이 되면 되었지 해가 되지는 않을 인물이다.

게다가 이 두 사람을 친구로 만듦으로서 엄청난 능력자인 강권과의 관계가 더 돈독해질 수 있을 것이다.

이런 계산이 서자 서원명은 호탕하게 웃으며 찬성하고 나섰다.

"하하하! 이 친구가 그렇게 권하니 나도 반대하고 싶은 생각이 없군. 앞으로 우리 친구하기로 하세. 참, 최강권 군과 나와는 이미 망년지교를 맺은 사이니 아예 이 기회에 모두 친구가 되는 게 어떻겠나?"

"나는 불감청이언정 고소원일세. 반대할 이유가 전혀 없네."

최창하 장군은 대뜸 찬성을 했지만 의외로 가장 찬성할 것 같은 인물인 강석천이 절대 불가(不可)를 외쳤다.

"서 의원이야 같은 연배니 친구로 지내도 무방하지만 우리 사장님은 우리 같은 사람들과 친구하거나 하실 분이 아니시네. 우리 사장님께서 나의 우상이고 신이시니 절대 친구가 될 수 없네. 설혹 친구가 되었다 치더라도 당신들이 친구라는 것을 빙자해서 우리 사장님께 무례를 범한다면 그 누구라도 그에 대한 대가를 치르도록 할 테니 그렇게 명심하도록 하게."

이쯤 되자 서원명이나 최창하는 머쓱해질 수밖에 없었다.

그들도 나름 강권의 능력을 알고는 있었다. 하지만 누가 판단하더라도 앞으로 대한민국에서 최고로 높은 사람이 될 서원명보다 윗길에 둘 수는 없는 노릇이었다.

그런데 어떻게 된 인간이 차기 대통령이 확실한 서원명보다 새파랗게 젊은 최강권을 더 높게 볼 수 있단 말인가?

'어휴! 이 꼴통, 될 성싶은 나무는 떡잎부터 다르다더니 학창 시절에 꼴통 짓을 도맡아 할 때부터 알아봤어야 했어. 이 웬수가 지금 내 앞길을 가로막으려는 거야 뭐

야? 누가 최 사장과 친구하자고 했어? 나는 서 의원과 친구 먹고 싶단 말이야.'

솔직히 말해서 최창하는 최강권의 능력이 어떻다는 것은 잘 알고 있었지만 아들 뻘인 최강권과 친구를 하고 싶은 마음은 거의 없었다.

그렇지만 차기 대통령이 유력한 서원명과는 친구가 되고 싶은 마음이 굴뚝같았다. 그런데 친구라는 위인이 굴러들어 온 절호의 기회를 무산시키려 하자 내심 욕을 바가지로 했다.

'서원명은 대통령이 될 사람이란 말이다. 그런데 너 따위가 언감생심 그런 사람과 친구 먹을 수나 있을 것 같아? 왜 그걸 모르냐. 이 꼴통아.'

최창하는 강석천이 한 번 고집을 피우면 누구도 말릴 수 없다는 걸 알기에 이렇게 한탄할 수밖에 없었다.

그런데 물 건너갈 것 같은 친구 먹기가 서원명의 요청으로 새로운 국면을 맞게 되었다.

"이봐, 강 형. 강 형이 최 사장을 어떻게 여기고 있다는 것은 잘 알고 있네. 하지만 자네가 그렇게 우기는 것이 최 사장의 체면을 깎는 일이라는 것은 생각해 보았나? 전부 친구가 된다는 것이 누구의 뜻인가? 최 사장의 뜻이 아니냔 말이지. 그런데 자네는 지금 최 사장의 뜻을 정면으로 거스르고 있으니 어떻게 된 일인가?"

"……"

"강 형. 친구는 서로 존중해 주는 사이라고 보네. 그러니 우리가 친구가 되더라도 최 사장에게 무례할 일은 없을 걸세. 만약 친구 사이를 빙자해서 무례를 행한다면 그것은 이미 친구가 아니니 자네 뜻대로 해도 좋네. 그래도 안 되겠나?"

"하하하! 강 이사, 원명이 말이 맞네. 친구란 자기를 비춰 볼 수 있는 거울 같은 존재라네. 만약 친구에게 무례를 범한다면 스스로 자신의 얼굴에 먹칠하는 것과도 같은 거라네."

"하지만 어떻게……"

"강 이사. 강 이사도 이제 지천명(知天命)의 나이 아닌가? 그러니 허례보다는 마음이 더 중요하다는 것을 잘 알고 있지 않은가? 지금 마음을 항상 갖고 있다면 형식이야 어떻든 달라질 게 무엔가?"

"알겠습니다, 사장님. 사장님 뜻에 따르겠습니다."

이렇게 해서 네 사람이 친구가 되려는 순간 뜻밖의 인물이 자기도 친구가 되겠다고 나섰다.

그는 바로 특전사령관인 조호명이었다.

이 전혀 어울릴 것 같지 않은 다섯 사람의 친구 먹기는 훗날 '거여결의(巨餘結義)' 또는 '오성결의(五星結義)'로 인구에 회자된다.

거여결의는 거여동에서 맺은 결의라는 뜻이고, 오성결의는 다섯 명의 뛰어난 인물이 맺은 결의라는 의미였다.

❖ ❖ . ❖

3공수 여단의 상징은 호랑이다.

그 호랑이는 평소 신병들의 강하 훈련장으로 사용하고 있는 강당의 문에서 산악을 질주하고 싶어 한다.

그런데 오늘은 어찌 된 일인지 새끼 호랑이들이 어미 호랑이로 거듭나기 위한 훈련을 하고 있어야 할 강당을 100여 명의 건장한 깍두기들이 차지하고 있었다.

100여 명의 사내들이 운집해 있으면 적지 않은 소요가 있어야 정상이지만 100여 명의 건장한 깍두기들은 누구 하나 흐트러짐이 없이 앉아 있었다. 양반다리를 하고 눈을 반개한 채.

이때 단상에 의자 다섯 개가 놓이고 잠시 후에 강석천의 안내로 강권 일행이 단상으로 올라와 의자 하나씩을 차지하고 자리에 앉았다. 그렇지만 강석천은 자리에 앉지 않고 단상에 서서 씨크릿 팀원들에게 호령했다.

"전체, 일어섯!"

"인화(人和)!"

"어르신께 경례."

"인화!"

강석천의 돌발적인 행동에 강권은 머쓱해져서 인사를 받을 수밖에 없었다.

"쉬어!"

"인화!"

"쉰 채로 어르신께서 하시는 말씀을 경청한다."

"예."

강석천의 이런 행동은 '오성결의'의 다른 사람들을 겨냥한 의도적 도발이었다. 그것은 마치 비록 결의로 친구가 되었지만 가장 웃어른은 최강권이니 까불지 마라는 일종의 시위였다.

그걸 모를 리 없는 강권은 내심 실소를 하지 않을 수 없었다.

'어허, 그 친구하고는. 남의 윗자리에 선다는 것이 책임져야 할 일이 생기는 골치 아픈 일이라는 걸 어째 생각지 않는 거야?'

강권이 생각하고 있는 자신의 컨셉은 전면에 나서지 않고 뒤에서 이득을 챙기는 것이었다.

그런데 강석천의 맹목적인 충성은 그런 의도를 싹수부터 잘라 버렸다. 강석천은 강권에 관한한 의리의 돌쇠였던 것이다.

"흠흠, 오랜만이다. 여러분. 내가 여러분들을 이 자리에 오도록 한 이유는 향후 우리 씨크릿 컴퍼니의 활동에 관해서 말하기 위해서다. 앞으로 우리 씨크릿 컴퍼니는 전적으로 우리 민족의 미래의 지도자를 위해서만 일할 것이다. 그 말은 앞으로는 일체 다른 의뢰는 받지 않겠다는 말이다. 기존의 의뢰가 끝나는 대로, 아니, 기존 의뢰를 축소시키고 그분을 위해서 일하려 한다."

강권은 이렇게 말하고 쉬어 자세로 자신의 말을 듣고 있는 씨크릿 팀원들의 면면을 훑어 나갔다. 그러고는 결연한 음성으로 말을 이어 나갔다.

"나는 여러분에게 나를 따르면 음지에서 벗어나 양지에서 부귀영화를 누리게 해 주겠다고 했다. 그런데 미안하지만 그 말을 지금 시점에서 철회를 해야겠다. 여러분들이 씨크릿 컴퍼니에서 계속 일하게 되면 앞으로도 음지에서 계속 생활해야 한다는 것이다. 그 말은 부귀영화는 커녕 여러분들은 시쳇말로 개 값으로 죽을 수도 있다는 것을 뜻한다. 또한 그 대가는 여러분들에게 돌아가지도 않는다. 여러분에게 약속할 수 있는 것은 여러분의 희생 덕분에 여러분의 후손들은 세계 최강대국의 국민으로 살아갈 수 있다는 것뿐이다."

강권의 말이 너무 씨크릿 팀원들의 희생을 강요하고 있었지만 팀원들은 누구 하나 동요하지 않았다. 그들이 강권을 따르는 것은 부귀영화를 누리자고 한 것이 아니었기 때문이다.

강권은 팀원들의 심경에 아무런 변화가 없는 것을 느끼고 슬며시 미소를 지으며 말했다.

"우리 대한민국이 세계 최고의 강대국이 되는 것은 여러분들의 손에 달려 있다. 여러분들이 나와 힘을 합쳐 그렇게 만들자. 그렇게 하겠는가?"

"예! 어르신! 목숨을 바쳐서라도 그렇게 하겠습니다!"

씨크릿 팀원들의 맹세 소리가 강당을 쩌렁쩌렁 울렸다.

서원명은 씨크릿 팀원들이 제일 나이 어린 강권에게 어르신이라고 하는 것이 이해가 되지 않아 조그만 목소리로 최창하 여단장에게 물었다.

"이보게. 창하, 저들이 왜 강권이에게 어르신이라고 하는가?"

"하하, 자네도 그게 궁금한 모양이로구먼. 나도 잘은 모르지만 저들이 강권이에게 무공을 배운 모양이야. 그래서 그렇게 부르는 것 같아."

"무공을? 요즘도 무도인들은 옛날 방식을 고집하고 있나 보지?"

"나도 잘은 모르지만 강권이가 워낙 뛰어나니 감복했다고 봐야겠지."

이런 그들의 대화는 강권의 개입으로 중단되었다.

"원명이 앞으로 나오게."

"나? 알겠네."

강권은 서원명이 앞으로 나오자 씨크릿 팀원들에게 서원명을 소개했다.

"여러분 대부분은 이 친구가 누구인지 알 것이다. 차기의 유력한 대권후보인 서원명 의원이다. 여러분들은 이 친구를 나를 대하듯 하기 바란다. 알겠는가?"

"……."

어떻게 자기들에게는 신과 동격인 강권과 동일시할 수 있단 말인가? 씨크릿 팀원들은 강권의 말에 내심 불복하는 듯 대답이 없었다. 강권은 그들의 마음을 이해하여 조용한 어조로 말했다.

"내가 여러분들을 소집한 이유가 이것을 당부하기 위

함이었다. 이 친구를 위하는 것이 곧 나를 위한 것이다. 그러니 아무쪼록 내가 시키지 않아도 이 친구를 위해서 몸과 마음으로 충성을 다하기 바란다."

"예. 알겠습니다. 어르신."

"여러분에게 곧 통지가 가겠지만 여러분들은 이 친구를 대통령으로 만드는데 최선을 다해야 하고, 나아가 이 친구가 국정을 운영하는데 온 힘을 다해 도와야 한다. 믿겠다."

"예. 알겠습니다. 어르신."

이렇게 서원명과 씨크릿 팀원들의 상견례가 이루어졌고, 그것은 풍운의 전조가 아닐 수 없었다.

서원명과 강권의 회동은 MSS 한국 지부에 즉각 포착되었다.

MSS 한국 지부의 정보 수집의 업무를 맡고 있는 취지단(取知團), 즉, 백호단(白狐團)에서 냄새를 맡은 것이다.

"최강권의 부인과 동생을 납치해 달라는 청부를 넣었던 서원명이 무슨 생각으로 최강권이란 자를 만나고 있는 걸까?"

다른 이들은 서원명에 대해서 높이 평가할지 모르겠지만 사복평의 평가는 그저 별 볼일 없는 인물이었다.

서원명 본인이야 더 할 수 없이 청렴하고 정직한 인물이었다. 그런 인물들은 정치판에서 특히 한국의 정치판에서는 살아남을 수 없다. 그런데 그의 오른팔이라고 할 수 있는 류설호는 한국을 실질적으로 지배하고 있는 암류에서 파견한 인물이었다.

일제가 조선을 지배하고 있던 때, 아니, 그 이전부터 암류는 존재했었다. 그들은 한 번도 전면에 나서지 않았지만 한국을 실질적으로 지배해 왔다.

'잡초와 같이 끈질긴 자들, 어디에 숨어 있는지도 모를 생쥐와 같은 자들, 세균들처럼 소리, 소문 없이 번지는 자들이 바로 그자들이다.'

한국에 관한 모든 정보가 손바닥 안에 있다는 백호대의 대주인 사복평도 이들 암류에 대해서 만큼은 알 수 없는 두려움을 느꼈다.

그래서 그런지 한 차례 으스스 몸을 떤 사복평은 즉각 MSS 한국 지부의 회합을 소집했다.

"사복평, 또 뭔 일로 부른 건가?"

"치양맹, 부를 만한 일이 있으니 불렀다. 왜?"

서로 앙숙인 사복평과 치양맹이 티격태격하자 지부장인 심량휘는 인상을 찌푸리며 소리쳤다.

"당신들 지금 뭐하자는 거야? 정 그렇게 나오면 본국으로 소환시켜 버리겠어. 알아서들 해."

"죄송합니다, 부장님. 앞으로 그러지 않겠습니다."

"……."

사복평은 즉각 용서를 구했지만 치양맹은 고개를 숙이며 입을 굳게 다물었다. 그게 살수 출신인 치양맹의 용서를 비는 방법이기도 했다.

심량휘가 이들을 으르는데 쓴 본국 소환은 통상적인 외교 소환과는 달랐다. MSS에서의 소환은 첩보원들의 생명인 정체성을 의심받는 것이어서 경력에 치명적으로 작용하기 때문이다.

심량휘는 다시 한 번 두 사람에게 주의를 준 다음에 회의를 주재했다.

"백호대에서 입수한 첩보는 차기 대통령이 될 가능성이 큰 서원명이 지금 이 시각에 조선의 모처에 있는 특수부대에서 문제의 인물 최강권이란 자와 회동을 하고 있다고 한다. 서원명 측의 요청으로 우리 용천사 요원들이 부인과 동생을 납치해 주었는데 부인과 동생을 풀어 주고 그와 특수부대에서 회동하고 있다. 그 이유가 무엇인지 우리는 그걸 알아내서 거기에 대처를 해야 한다. 이게 이 회합의 주요 골자다."

"심 부장님, 우리가 서원명의 치명적인 약점을 잡고 있으니 그가 무슨 일을 하든 우리에게는 전혀 문제가 되지 않을 게 아닙니까? 우리가 이렇게 호들갑을 떨 필요가 없다고 봅니다."

"치양맹, 그대가 말하는 약점을 내가 모르는 바는 아니오. 그렇지만 유비무환(有備無患)이요, 경적필패(輕敵必敗)라고 했소. 그대는 닭 잡아먹고 오리발 내민다는 한국의 속담을 아시오? 한국의 정치가들은 대부분 겉으로야 더할 나위 없이 정직하고 청렴하지만 뒷구멍으로는 온갖 부정부패를 저지르고 있소. 그런데도 그들은 건재하지 않는단 말이오. 그들이 왜 그럴 것 같소? 그대는 한국의 정치가들의 능숙한 술수들을 너무 모르고 있소."

"뭐시라? 사복평, 예전에 그대의 입으로 그 약점으로 그를 이용할 수 있다고 하지 않았소?"

"치양맹, 분명히 그런 말을 한 적이 있었소. 그렇지만 상황이 바뀌게 되면 사정이 달라지는 걸 어찌 생각지 않소? 일례를 들어 서원명이란 인간에 대해서 한 번 생각해 보시오. 바로 얼마 전 서원명 측에서 거금을 들여 경찰총장인 강희복을 암살해 달라고 했소. 그런데 그 얼마 뒤에는 경찰 측의 협조를 받아 조폭들을 잡아들이고 강희복의 암살 청부를 무위로 하자고 했소. 그리고는 보란 듯이 화기애애한 관계를 유지하고 있잖소? 그게 무얼 뜻하는 것 같소?"

"그게 이 안건과 무슨 상관이 있소?"

"하, 이런 말이 통해야 대화를 나누지. 한국 정치인들이 조변석개(朝變夕改)하니까 우리는 그들이 어떻게 바뀔 것까지 염두에 두고 그에 대한 대처 역량을 키우자는 것이 이 회의의 목적이오. 이제 알겠소?"

사복평과 치양맹이 회의는 뒷전이고 서로를 이겨 보겠다고 계속 신경전을 벌이자 참다못한 심량휘는 대갈을 토했다.

"그만들 두시오. 도대체 두 사람은 왜들 그러는 거요? 사 대주, 당신 머리 좋은지 아니까 그만 떠드시오. 그리고 치 단주, 당신은 수십 년 동안 무예를 닦으면서 마음을 다스리지도 못하시오? 당신들 두 사람은 각기 다른 장단점들이 있는 사람이오. 그것도 서로 경쟁 관계에 있는 게 아니고 서로 보완 관계에 있는 것이란 말이오. 조국을 위해 만리타향에 와서 피땀을 흘리면서 서로가 힘이 되어 주면 좀 좋겠소? 끄응."

심량휘의 말에 사복평과 치양맹은 부끄러운 듯 고개를 수그린다. 하지만 두 사람이 서로 견원지간이 된 것은 그들 개인들의 원한 관계 때문에 그런 것이 아니었다.

따지고 보면 두 사람은 같은 사문이나 다름이 없었다. 치양맹이 수장으로 있는 용천사는 하오문에 속한 살수각의 후예들이었고, 사복평이 이끄는 백호대는 하오문의 비각의 후예들이었기 때문이다.

1930년대 하오문의 진로를 두고 분열되면서 이들의 대립은 예정된 것이라고 볼 수 있었다.

그 내막을 알고 있는 심량휘는 답답하기 그지없었다.

'저 둘이 힘을 합하면 좋으련만. 둘 중의 하나를 택하는 불상사가 없기를.'

심량휘는 가만히 한숨을 내쉬며 사복평에게 앞으로 서원명을 어떻게 이용해야 좋을지 말하라고 했다.

"심 부장님, 서원명이 차기 한국의 대통령이 될 가능성이 가장 크다고 해도 그것만 가지고는 지금 당장에는 쓰임새가 그다지 많지 않습니다. 보기만 요란하지 정작 실속이 하나도 없는, 마치 계륵과도 같습니다. 일단 그가 대통령이 되기를 바라야지요."

"사복평, 의문이 있소? 언젠가 그대가 한국에서 대통

령이 된다고 해도 암류의 협조를 얻지 못하면 할 수 있는
일이 그리 많지 않다고 했소. 그럴 바에는 차라리 그 암
류와 직접 교섭하지 왜 보잘것없는 자에게 목을 매고 있
는 거요?"

소가 뒷걸음질을 치다 쥐를 잡은 격으로 호불호만 생
각하는 단세포적인 치양맹의 두뇌로서 생각해 낼 수 없
는 날카로운 지적이었다. 하지만 그렇게 하고 싶어도 하
지 못하는 사복평의 마음을 모르기 때문에 하는 말이었
다.

암류는 철저하게 점조직으로 이루어져 요소요소에 박
혀 있을 뿐 그 자신도 암류에 속하는지도 모를 정도였으
니 그들의 본류를 찾아내는 것은 사복평으로서도 역부족
이었다.

무소불위의 권력을 휘둘렀던 한국의 역대 대통령들도
찾지 못했던 암류의 본류를 사복평이 어떻게 찾아낼 수
있겠는가?

결국 사복평이 아무리 날고뛰는 재주를 가졌다고는 하
지만 치양맹의 지적처럼 해결책은 한정될 수밖에 없었다.
그리고 그것이 회의의 결론일 수밖에 없었다.

"사복평, 치양맹. 지부의 모든 힘을 발휘해서 류설호
의 배후를 찾도록 하시오."

"예. 알겠습니다."

"예. 알았습니다."

이렇게 MSS 한국 지부에서는 서원명과 강권의 회동에 촉각을 곤두세우고 있었다.

제5장
천년 기업 환(桓)을 세우다

강권은 서원명에게 씨크릿 5개 팀을 운용할 수 있는 권한을 부여한 다음에 윤미르의 기억에 매달렸다.

　강대국이 되려면 돈이 있어야 하는데 윤미르의 기억은 대한민국을 초강대국으로 만들 티켓이나 다름없었기 때문이다.

　우선 파동 엔진은 대기의 75%를 차지하고 있는 질소를 에너지원으로 사용한다는 점에서 말 그대로 에너지 혁명이었다.

　공기가 있는 곳이면 에너지를 보충할 필요가 전혀 없었다.

　파동 엔진의 또 하나 중요한 점은 산성비나 스모그의

원인이 되는 질소를 에너지원으로 쓴다는 것이다. 파동 엔진을 쓰면 산성비나 스모그를 일체 걱정하지 않아도 된다는 점에서 환경의 혁명이기도 했다.

"초석인 질산칼륨이 흑색 화약의 주원료라는 점에 착안해서 그걸 에너지로 쓸 생각을 하다니 그래서 인간을 만물의 영장이라고 하는 거겠지."

놀라운 것은 이 파동 엔진을 이용한 차는 날 수도 있고, 물에서도 달릴 수 있는 전천후 이동 수단이라는 것이었다.

이를 가능하게 만든 것은 강철보다 수천 배 강도가 세고, 내화 벽돌보다 열에 강하며 알루미늄보다 수십 배는 가벼운 단백질 섬유의 개발 덕분이었다.

두 번째 돈이 되는 아이템은 저항성 유전자를 이용한 식량 생산이었다.

장소를 불문하는 것은 물론이고 병충해에도 강해서 단위 면적당 생산량이 21C 초반 그것을 최소한 10여 배 이상 초과했다.

땅덩어리가 부족해서 식량이 부족하다는 말은 옛말이 되었다.

또한 콩 단백질의 주성분이 질소라는 점에 착안해서 공기 중의 질소를 이용해서 직접 단백질을 만들었다.

그런데 이 단백질의 질이 육식을 통해 섭취할 수 있는 단백질보다 질이 훨씬 좋았다. 그 결과 목축업에 이용되는 땅도 엄청 줄어들었다.

소를 잡아먹고, 돼지를 잡아먹는다는 것은 향수에 가까웠다.

한마디로 18C 중반부터 시작된 산업혁명이 석탄과 석유의 탄소를 이용했다면 다가올 미래는 공기 중의 질소를 이용한 환경의 혁명이었다.

세 번째 강권이 가장 흥미 있어 하는 것은 이 세계의 무한 배낭과 비슷한 인벤토리였다.

이 인벤토리 '도깨비'는 서원명의 전생 중 하나로 추정되는 인물인 윤미르가 만들어 낸 일종의 무한 배낭이었다.(서원명 전생의 인물 조태수의 기억에 있으니 그 전생 중의 하나라고 생각이 되지만 아무리 더듬어도 기억에만 존재하니 추정이라고 할 수밖에 없다.)

무한 배낭 '도깨비'가 만들어진 과정은 무척 재미있었다.

윤미르가 민족의 성지인 백두산 천지에 갔다가 실족해서 낭떠러지로 떨어졌다. 다행스럽게도 그가 떨어진 곳은 고대인인, 고조선(古朝鮮)인이 살았으리라고 여겨지는 동굴이었다.

거기에서 윤미르는 희한한 광경을 보았다. 마치 구멍이 뚫어진 것처럼 보이는 청동 그릇이 전혀 물이 새지 않는 것이 아닌가.

윤미르는 그 흥미로운 광경을 연구하다가 이제까지 볼 수 없는 전혀 새로운 원소를 찾게 되었고 이를 자기 이름을 붙여 '미르'라고 명명했다.

그런데 윤미르의 기억에 따르면 이 원소 '미르'는 백두산 천지 부근에만 있었다.

이 원소 '미르'의 특징은 금속과 비금속의 양쪽 성질을 갖고 있는 원소인 베릴륨, 알루미늄, 주석, 아연, 납 등과 결합을 하면 투명해진다는 것이다. 스텔스 비행기가 레이더로 관측할 수 없는 것이라면 이것은 사람의 눈에 전혀 보이지 않는 것이었다.

'하! 이것으로 옷을 만들어서 입으면 투명인간이 될 것이고, 투명인간이 되면 일당백의 용사가 될 수 있을 것 아냐? 환인께서 이런 것까지 염두에 두시고서 나라를 세우셨나?'

강권은 이런 생각을 하자 절로 흐뭇해졌다.

그런데 그것보다 더 흥미로운 것은 원소 '미르'를 연구하다 만들어진 무한 배낭 '도깨비'였다.

원소 '미르'의 보이지 않는다는 특성에 아직 실험실

안에서지만 4차원의 공간을 이용한, 말 그대로 아공간을 창출한 셈이다.

윤미르가 만들어 낸 '도깨비'는 0.125다이 정도였다.

다이는 주사위를 가리키는 말로, 1다이는 한 변이 각각 1m인 정육면체를 말한다.

그러니까 0.125다이는 한 변이 대략 50cm인 주사위 모형이었다.

강권은 이 무한 배낭 '도깨비'와 정령 '노옴'을 이용해서 중국에서 *골드바의 크기와 **희토류 금속 등을 가져올 야무진 꿈(?)을 꾸고 있었다. 금속 탐지기에 걸릴 텐데 어떻게 갖고 올 것이냐 하는 따위의 염려는 조금도 하지 마라.

윤미르가 만든 '도깨비'는 공간은 있지만 만져지지도 보이지도 않는다. 또한 4차원의 공간을 이용하기 때문에 무게조차 전혀 느껴지지 않는다. 따라서 '도깨비'를 이용한다면 한정적이기는 하지만 금과 희토류 금속을 엄청 가져올 수 있었다.

한 변이 50cm여서 가져오면 얼마나 가져오겠냐고 할지 몰라도 그것은 정령 '노옴'의 능력을 띄엄띄엄 보아서 하는 말이다.

'노옴'은 각 자원들의 고갱이만을 가져올 수 있기 때

문에 금을 가져온다고 가정하면 '도깨비' 하나에 대략 순금 2,750kg을 가져올 수 있다. 어림잡아 1돈에 20만원으로 계산하더라도 1,000억대가 훌쩍 넘어가는 거액이었다.

강권이 이처럼 중국의 자원을 몰래 훔쳐 오려는 것은 중국의 행위가 너무 괘씸하기 때문이었다.

국제 정세가 불안정하고 세계의 기축통화나 다름이 없는 달러의 약세로 금값은 천정부지로 솟구치고 있고, 희토류 금속을 중국이 무기화하려 하자 희토류 금속 값 또한 폭등하고 있다.

특히 중국이 희토류 금속의 수출에 쿼터제를 적용하려는 움직임은 가공무역이 주 수입원인 우리나라로서는 난감한 일이 아닐 수 없는 것이다.

"짜식들, 옛날부터 우리나라를 순 봉으로 알고 있지? 머잖아 그 봉이 봉황이 되어 너희들을 쪼아 버릴 줄은 꿈에도 모를 거다."

윤미르의 기억 속에 있는 중국은 소수 민족 국가들이 다 독립을 하고 한반도 정도 크기의 약소국가로 전락이 되어 있었다.

반면에 우리나라는 만주 일대와 백제의 영역이었던 중국 동부 해안을 전부 영역으로 편입시킨 일대 대제국이 되어 있었다.

부언하자면 일본은 경상도 정도의 크기만 남기고 다바다 속으로 가라앉아 우리나라의 눈치를 보는 약소국가가 되었다.

심지어는 ***내선일체(內鮮一體)를 주장하며 대한민국의 속국이 되자고 주장하는 무리들까지 생겼다.

이런 생각을 하는 강권은 원소 '미르'를 수집하러 백두산에 얼른 가고 싶은 마음이 굴뚝같았다.

"원소 '미르'를 찾기 위해 천생 백두산에 다녀와야 하나? 어차피 마황곡을 틀어막을 진을 설치하기 위해서도 백두산에는 한 번 다녀와야 하니 이 기회에 다녀오지 뭐."

서원명을 도와주는 것이야 씨크릿 팀에게 맡기면 되니 강권이 직접 나서야 할 필요는 없었다.

경옥이와 예리나에게만 허락(?)을 받으면 신경 쓸 일이 전혀 없다는 생각이 들자 백두산에 다녀오기로 결심했다.

강권은 백두산에 가기 전에 아예 '도깨비'를 만들 준비를 해서 가는 것이 어떨까 하는 생각을 해 보았다.

23C의 과학기술이 엄청 발달했다고는 하지만 21C 과학기술의 발달 또한 간단한 게 아니어서 이를 활용하면

충분히 제작할 수 있을 것도 같았다.

이미 이론적으로야 빠삭하니 만들지 못할 것이 없다는 생각인 것이다.

"좋아. 그렇게 하자."

이렇게 결심을 하고 막상 제작에 들어가자 걸리는 게 하나둘이 아니었다. 우선 원소 '미르'와 알루미늄이나 아연 등과 반응을 해서 보이지 않게 하려면 순수한 알루미늄과 아연을 만들어야 하는데 이것이 문제였다. 한참 고민 끝에 강화 알루미늄 판으로 틀을 만들고 여기에 아연 도금을 하기로 했다.

강권이 별로 할 일도 없이(? 경옥의 눈에는 그렇게 보였다.) 혼자 싸돌아다니는 것을 보고 하루는 경옥이가 물었다.

"자기, 요새 왜 밖으로만 나돌아? 내가 이제 자기에게 매력이 없어져서 그런 거야?"

최강권이 자기를 사랑하고 있다는 것을 잘 알고 있는 경옥의 입에서 나온 물음치고는 너무나 생뚱맞은 것이었다.

하지만 강권이 누구냐? 수십의 전생의 경험을 체득하고 있는 천하의 최강권이 경옥이 이렇게 묻는 의도를 어찌 모를 수 있겠는가?

이게 바로 그 유명한(?) 여자들의 트집 잡기 전용 수법이었다.

어떻게 생각하면 강권이 아무 말도 하지 않고 밖으로만 돌았으니 그럴 만도 했다. 그런데 중요한 것은 이 트집 잡기 수법에 대응을 잘못하면 평생을 잡혀 살 수도 있다는 것이다.

강권은 이런 속셈을 빤히 읽고 잠깐 숙고했다.

경옥은 자기가 전생을 읽을 수 있다는 것을 아니까 서원명의 전생을 읽었다고 해도 크게 혼란스럽게 생각지는 않을 것이다.

그렇다고 서원명의 전생을 읽어서 알게 되었다고 말하려는 것은 아니었다. 결론적으로 경옥에게 솔직하게(?) 말해 주기로 했다.

경옥의 성격이 도란도란한 맛은 적지만 대신에 사내들보다 입이 무거워 말이 퍼질 염려가 없다는 것을 아는 까닭이었다.

"자기야, 내가 밖으로 싸돌아다닌 것은 떼돈을 벌기 위해서야. 지금부터 내가 하는 말은 극비니까 자네만 알고 있어야 돼."

"이이가 무슨 말을 하려고 이러실까?"

"만약에 연료를 넣을 필요가 전혀 없는 전천후 이동

수단이 만들어지면 얼마나 돈을 벌 수 있을까?"

"당신 지금 영구 엔진을 개발했다고 하시려는 거죠? 세상에 그런 자동차가 어디 있어요?"

경옥은 강권의 말에서 고래(古來)로부터 인간들이 꿈꾸어 왔던 영구 엔진을 떠올린 모양이었다.

"하하, 자기는 그렇게 들었어? 그런데 자기야, 내가 연료를 넣을 필요가 없다고 했지 에너지원이 필요 없다는 말은 하지 않았다는 것을 생각해 봐. 그럼 영구 엔진은 아니겠지?"

"그럼 태양열을 에너지원으로 해서 가는 거예요? 그래도 태양이 뜨지 않을 수도 있으니 다른 에너지원이 필요할 것 아니에요?"

"태양은 우리를 항상 비춰 주지 못하지만 항상 우리 곁에 있는 게 있지? 그게 없다면 지상의 거의 모든 생물은 숨을 쉬지 못해 죽을 것이고 말이야. 이쯤되면 그게 뭔지는 알 수 있겠지?"

"공……."

경옥은 순간적으로 공기를 떠올리고 입을 열었다. 하지만 어떻게 공기로 엔진을 움직이느냐는 것이 뇌리를 스치자 입을 다물고 말았다. 그런데 경옥이 입을 다문 순간에 강권은 그게 정답이라고 말했다.

"맞아. 바로 공기야. 정확하게 말하자면 엔진을 움직일 수 있는 동력원이 되는 것은 공기 속의 질소야."

"어, 어떻게 질소로 엔진을 가동할 수 있다는 거죠?"

"그 대답에 앞서 최무선이 화약을 만드는데 썼던 것이 뭔지 알아?"

"그거야 초석(硝石) 아니겠어요."

"초석을 화학에서는 뭐라고 하는지 알아?"

의대를 6년이나 다닌 노경옥이 초석이 질산칼륨이라는 걸 모를 리 없었다.

"그거야 질산칼륨이라고 하는데 그게…… 설마 그 질산칼륨이 에너지원이 된다고 말씀하시는 것은 아니겠지요?"

"아니. 질산칼륨이 아니고 질소라니까. 콩단백질의 주성분이 뭔지 알지? 바로 질소야. 단백질은 우리 인체가 주로 사용하는 에너지원이고 두뇌를 가동하게 만드는 촉매제야. 그 말을 뒤집어 생각해 보면 질소가 에너지원이 될 수 있다는 말이 아니겠어?"

"그렇지만 어떻게……."

강권은 경악하는 경옥의 얼굴을 보고 빙그레 미소를 지으며 덧붙였다.

"그리고 아까 나는 분명히 전천후 이동 수단이라고 했

지 전천후 자동차라는 말을 하지 않았어. 그 말은 그게 비행기처럼 하늘을 날기도 하고, 배처럼 바다로도 다니기도 하며, 자동차처럼 도로로 달린다는 것을 뜻해. 그럼 얼마나 벌 수 있을까?"

"어, 어떻게……."

경옥은 너무 놀라 더 이상 말을 하지 못하고 눈만 크게 뜨고 강권의 얼굴을 바라보고 있었다.

만들어서 폐기처분할 때까지 연료를 넣을 필요도 없고 날고, 뜨고 달릴 수 있는 이동 수단은 상식적으로 도저히 말이 되지 않는 소리였다. 그런 정도의 이동 수단을 만들려면 적어도 백년, 아니, 그 이상의 세월이 흘러가야 가능할 것이다.

그런 이동 수단을 만들어 팔겠다니 어떻게 제정신을 유지할 수가 있겠는가? 만약 그런 이동 수단을 만든다면 바이마흐 가격 정도라도 살 사람이 줄을 설 것이다.

"그게 가능하다니까 그러네. 그 이동 수단이 또 하나 좋은 점은 만들어서 폐기처분할 때까지 고장이 전혀 나지 않는다는 거야."

"……."

"그뿐인 줄 알아. 어지간한 대포에 맞아도 그 이동 수단은 전혀 흠집이 나지 않을 뿐만 아니라 타고 있는 사람조차 털끝 하나도 다치지 않아. 그 말은 교통사고가 나더라도 인명 피해가 전혀 나지 않는다는 거야."

"에이, 난 또 정말인 줄 알았네. 깜빡 속았어요. 이제 보니 당신 탤런트로 나가도 되겠어요."

경옥은 강권이 농담을 하고 있다고 여기고 이렇게 말했다.

자기가 아는 상식으로는 도저히 불가능하기 때문이었다.

그런데 강권의 다음 말을 듣자 긴가민가하지 않을 수 없었다.

"내가 비싼 밥 먹고 뭐하러 농담을 하겠어. 진실만을 말해도 시간이 부족할 인생에서 말이야. 내 말에는 한 점 농담이 섞이지 않았다고."

"에이, 그게 어떻게 가능해요?"

"허어, 이 사람이. 당신 대한민국에서 안 되는 게 어딨냐고 하는 코미디 봤지? 내가 지금 당신에게 하고 싶은 말이 바로 그 말이라고."

"저, 정말 그, 그게 가능하다는 말이에요?"

"당신은 지금 이 남편을 믿지 못하고 있다는 것을 알고나 있어? 믿으라고. 믿어서 남 주는 게 아니니까 말이야."

강권은 자신의 답답하다는 듯 자기의 가슴을 탕탕 쳐 가면서 말을 이어 갔다. 이어진 말에서 경옥이 너무 경악한 나머지 대꾸할 기력조차 잃고 그저 듣기만 했다.

냄새까지 전달하는 휴대폰 때문에 더 이상 거짓말을 할 수 없을 것이라는 둥 도심 한복판에 식량 농장이 생길 거라는 둥 이제 더 이상 살 처분한 고기를 먹지 않고 공기에서 바로 단백질을 만들어서 섭취할 것이라는 둥 도무지 믿지 못할 말들뿐이었기 때문이다.

"에효, 나는 더 이상 놀랄 기력도 없으니까 그 물건들을 만들어서 팔든가 하시구랴. 그 물건들을 만들어서 팔려면 공장이 아니라 아예 그룹을 만들어야 하겠네요."

경옥이 자기는 더 이상 농담을 들어줄 수 없다는 의미로 한 이 말에 강권의 눈이 번쩍 뜨였다.

"그룹? 맞아. 쇠뿔도 단김에 빼랬다고 이 기회에 아예 그룹 하나 만들지 뭐."

"이이가 정말? 정말로 그룹을 만들 생각이란 말이죠?"

"맞아. 가만히 있어 보자. 그러려면……."

"……."

"당신 그러지 말고 미진이한테 전화해서 당장 집으로 좀 오라고 해. 나는 김철호를 부를 테니까 말이야."

경옥이 뭐라고 대꾸하기도 전에 강권은 김철호에게 전

화를 해서 당장 집으로 오라고 했다. 강권이 이렇게까지
하자 경옥은 한숨을 쉬며 강권의 말에 따르지 않을 수 없
었다.

포도주에 관심이 많으셨던 이순임 여사가 이 건물을
지을 때 옥상에서 직접 포도를 재배해서 포도주를 만들
요량으로 옥상에 정원을 만들었다. 그리고 이 옥상 정원
한쪽에는 각각 5평 정도의 포도주 숙성실과 저온 저장고
까지 만들었다.

이렇게 만든 옥상 정원에 들어간 황토만 20t짜리 덤
프트럭으로 무려 세 대분이 들어갔다고 한다.

옥상에 무려 35t이 넘는 황토를 수용하려면 건물이 그
만큼 튼튼해야 하고 그에 비례해서 건축비가 상승하지 않
을 수 없다.

세상에 포도주를 만들겠다고 들이지 않아도 될 엄청난
건축비를 감당하다니 도무지 상식으로는 이해하지 못할
양반이셨다.

그뿐만이 아니었다. 외교관을 지낸 오빠를 구워삶아서
떡하니 일곱 종의 ※귀족포도까지 선별해서 구했다.

드디어 이순임 여사는 포도를 생산해서 직접 포도주를 만들었다. 그런데 열과 성의를 다해서 담근 포도주는 그녀의 기대를 완전 저버렸다.

이건 술도 아니고 식초도 아니고 음식을 만들 때 비린내를 잡으려고 넣으면 음식까지 떫어지니 어떻게 쓴단 말인가?

한 해는 그런다 치고 넘겼지만 그 다음 해 수확한 포도로 담근 포도주들까지 그 모양이니 이순임 여사의 실망은 이만저만이 아니었다. 버리기도 아깝고 그렇다고 먹자니 그렇고 해서 그대로 두기는 했지만 정말 아니었다.

그래서 포도나무를 전부 뽑아 버리려다 그래도 아까운 생각이 들어 대폭 전지(剪枝)를 하는데 그쳤다.

그런데 강권은 미진이와 김철호가 오자 그때 만들어서 숙성실에 그대로 버려 둔(?) 포도주를 내밀었다.

"어머, 웬 포도주예요?"

"우리 장모님께서 생전에 만들어 놓으신 포도주야. 햇수로 10여 년이 넘었으니 명품이라고는 할 수 없지만 꽤나 맛이 있어. 그럼 나는 바비큐를 준비할 테니 너무 많이 마시지는 말아. 알았지."

바비큐 파티에 쓸 음식을 내오던 경옥이 미진이에게 물어서 그 사실을 알고는 기겁을 하고 말렸다.

"미진아! 입만 버리니 먹지 마. 정말 큰일 난단 말이야."

"이 지지배, 강권씨에게 다 들었어. 어머니께서 생전에 만들어 놓으신 거라며? 아무리 그렇더라도 맛있는 건 나누어 먹어야 진정한 친구 아니겠어? 혹시 너 맛있는 걸 너만 먹으려고 그러는 건 아니겠지? 어머 향기로워."

포도주에 관한 내막을 모르는 채연은 끝까지 포도주를 맛보겠다고 설치고 있었다.

"혹시 저게 포도주 숙성실이야?"

심지어는 이렇게 묻기까지 했다. 경옥은 그 말에는 대답을 하지 않고 진지하게 말했다.

"정말이야. 먹지 말래도. 내가 어지간하면 너에게 이러겠냐?"

경옥이 이렇게 말하며 와인잔을 빼앗으려 하자 미진이는 기를 쓰고 와인잔을 빼앗기지 않으려 했다. 그때 강권이 바비큐에 쓸 통돼지와 조개를 들고 나타나 그 광경을 보고 말했다.

경옥이와 미진이가 이렇게 토닥거리는 것을 보고 있던 김철호가 한마디했다.

"미진이가 엄마가 담근 포도주를 맛보고 싶어 하잖아요. 그래서……."

"그러면 맛보게 해 주어야지. 당신, 뭘 그렇게 있어? 와인잔 두 개 더 가져오지. 우리끼리 가볍게 한잔 걸치고 일을 시작하는 것도 그리 나쁘지는 않을 거야."

"예에? 이이는. 당신도 이미 맛보셨잖아요. 그런데 어떻게? 차라리 매실주나 더덕주가 훨씬 낫잖아요?"

경옥의 말대로 숙성실에는 포도주 외에도 매실주도 있고, 각종 약초술도 있었다. 경옥이 알기로는 매실주와 약초술은 맛이 그런대로 괜찮은데 포도주는 정말 아니었던 것이다. 강권 또한 그 사실을 분명히 알 것인데도 여전히 느물거리며 말했다.

"하하, 그러니까 하는 말이야. 당신도 맛을 보면 깜짝 놀랄 걸?"

경옥은 강권이 포도주가 어떻다는 것을 빤히 알면서 오히려 더 설쳐 대는 것 같아 곱게 흘겨 주고는 잔을 하나만 갖고 왔다.

자기는 먹지 않겠다는 심산인 것이다. 통돼지 바비큐 설치를 끝낸 강권은 와인잔을 받아들며 경옥에게 거듭 다짐받았다.

"왜 잔이 하나야? 당신은 맛보지 않은 걸 후회할 텐데. 정말 맛보지 않겠다는 거지?"

"됐네요. 당신이나 많이 드세요."

하지만 경옥은 조금 후에 자기 말을 후회해야 했다.

와인잔에서 풍기는 냄새가 자신이 알고 있던 그 포도주와는 사뭇 다르다는 것을 느꼈기 때문이다.

'이 향긋한 냄새는 어디서 나는 거지? 설마 저 와인잔에서 나는 것은 아니겠지?'

경옥이 의구심이 가득한 눈초리로 쳐다보자 강권은 못 본 척했다. 그걸 보던 김철호가 한마디했다.

"사모님, 왜 그러십니까? 저도 나름 세계에서 이름난 명품 와인을 먹어 보았지만 이 포도주에 비하면 구린 음료수에 불과한 것 같습니다. 정말 미진 씨 말처럼 너무 귀한 것이어서 우리에게 주는 게 아까워서 그러시는 건 아니시겠지요?"

"예에? 크게 무슨 말씀이세요? 그 포도주가 명품 와인보다 더 낫다니요?"

"에이, 사모님도 참. 직접 드셔 보셨을 텐데 그렇게 말씀하신다."

김철호의 거듭된 말에 경옥은 강권의 잔을 채뜨려 포도주를 음미했다.

"어어?"

와인 마니아를 엄마로 둔 덕에 경옥도 나름 세계에서 이름난 와인을 두루 맛보았다. 하지만 김철호의 말마따나 그 와인들은 이 포도주에 비하면 그야말로 구린 음료수였다.

지금 마시고 있는 포도주는 그야말로 처음 맛보는 천상의 맛이었던 것이다.

"어, 어떻게 이럴 수가……."

불과 한 달 전만 해도 강권의 성화에 맛본 포도주는 너무나 떫어서 사흘을 고생하지 않았던가. 그런데 어떻게 이렇게 달라질 수 있다는 말인가.

그걸 보고 있던 강권이 느물거리는 어조로 한마디했다.

"당신은 왜 이렇게 있나? 시간이 다 되었으니 파티를 준비해야 하지 않겠어?"

강권의 말에 경옥은 도끼눈을 뜨고 강권을 쳐다봤다.

'이거 당신이 이렇게 해 놓은 거죠? 그래 놓고도 나를 놀려 먹으려고 시치미를 뚝 떼고 한마디도 하지 않고 어쩜 그러실 수 있어요?'

이 말이 입안에 뱅뱅 돌았지만 미진이와 김철호가 있으니 속으로만 구시렁거리고는 아래층으로 탕탕거리며 내려갔다.

그렇지만 아까 맡았던 향기로운 냄새가 여전히 경옥의 후각을 자극하고 있었고, 입에서는 포도주를 더 넣어달라고 아우성이고 있었다.

'그런데 어떻게 그런 맛이 날 수가 있었지? 강권 씨가 혹시 마법으로 무슨 수를 쓴 게 아닐까?'

그런데 경옥의 생각과는 전혀 다르게 와인이 맛이 좋게 숙성한 것은 무진신공의 공능이었다.

강권이 이처럼 포도주를 명품으로 만든 것은 이야기를 부드럽게 풀어 나가자는 계산이 깔려 있었기 때문이다.

자고로 자신을 VVIP라고 생각하는 사람일수록 의외로 명품 와인에 목숨을 걸려는 경향이 있었다.

그 심리의 밑바탕에는 일본의 역사 왜곡과 조선 중기 이후로부터 비롯된 사대사상이 자리하고 있었다.

'조선놈들은 미개해.'에서 비롯되어 임진왜란에 명의 원조에서 망국을 면한 사대부들이 명나라를 대국으로 자발적으로 섬기려는 태도에서 발생된 열등의식. 그 열등의식은 우리나라가 초라하기 때문에 그 초라함에서 벗어나려고 미국이나 서구의 명품에 의존적이 되었던 것이다.

물론 지금은 많이 고쳐지기는 했지만 아직 완전히 벗어난 건 아니었다.

덕분에 두 사람과의 얘기는 잘 풀려 가고 있었다.

"그러니까 질소를 에너지원으로 쓰는 전천후 이동 수단을 만드시겠다고요?"

"그렇지요. 공기가 있는 곳이라면 어디에나 질소가 존

재하니 연료 걱정은 전혀 없으니 얼마나 좋습니까?"

"그런데 어떻게 질소를 에너지원으로 쓸 획기적인 생각을 하셨어요?"

"흑색 화약의 주원료인 질산칼륨에서 착상을 하게 된 거죠."

"질산칼륨에서요? 그럼 그 폭발성을 에네지화한다는 겁니까? 그러려면 엄청난 내구재가 필요할 텐데요."

"그거야 단백질 섬유를 사용하면 충분히 가능합니다."

미진은 최근에 영국에서 단백질 섬유를 만들었다는 기사를 본 적이 있었다. 엄청난 인장력과 강도를 생각하면 가능할 것도 같았다. 하지만 지금 시험 단계여서 자동차 외장으로 상용화되려면 10~20년은 있어야 되는 게 아닌가 하는 생각이 들었다.

그런데 강권은 지금 당장이라도 설비만 갖추면 단백질 섬유로 모든 걸 만들 수 있단다.

"그래서 말인데. 나는 두 사람의 도움을 받아서 회사를 만들려고 하는 겁니다. 그 회사, 아니, 그룹이라고 해야겠지요."

강권은 이런 자동차를 만드는 회사는 물론이고 전에 경옥에게 말했던 냄새를 전달하는 휴대폰과 모니터를 생산하는 회사, 단백질 섬유를 만드는 회사, 저항성 유전자

를 이용한 식량 종자를 생산하는 회사, 질소로 단백질을
만드는 회사 등을 설립하니 도와달라고 했다.

도무지 믿기지 않지만 강권이 말하는 게 실현이 된다
면 기존에 있는 어떤 제조 그룹도 살아남을 수 없을 것
같았다.

"정말 그게 가능하기나 한 거예요?"

"믿지 못하겠다면 증거를 보여 주죠. 세린 씨가 무기
화학을 전공했다고 했죠? 그녀에게 단백질 섬유의 분자
식을 보여 준다면 그녀는 아마 알아볼 수 있을 겁니다."

강권은 이렇게 말하고는 미진이의 핸드폰을 달라고 해
서 단백질 섬유의 분자식을 메일로 보냈다. 메일을 보낸
지 한 시간도 되지 않아서 세린의 전화가 걸려왔다.

—이 지지배야, 이 분자식 어떻게 알았어? 혹시 듀폰
사 메인 컴퓨터에 해킹이라도 한 거냐?

"웬 듀폰사? 그리고 난데없이 해킹이라니?"

—그렇지 않고서야 어떻게 이 첨단 섬유 단백질의 분
자식을 나에게 보낼 수 있겠어? 우리나라에서 화학으로
알아주는 L그룹도 이런 섬유 단백질의 분자 구조를 알
수 없을 거란 말이야.

세린은 얼마나 흥분을 했는지 단백질 섬유를 섬유 단
백질로 말하는 추태까지 보였다.

이쯤 되자 김철호와 미진은 강권의 말을 전부는 아니더라도 반쯤은 믿게 되었다.

거기에 미진에게 냄새를 전달하는 기판의 회로를 그려서 보여주자 미진은 아예 껌뻑 넘어갔다.

미림의 CEO이기 전에 IT 전문가인 미진이기에 어떤 회로라는 것을 알아보았기 때문이었다.

"환의 지분은 미진 씨와 김철호에게 각각 10%를 드리겠습니다. 대신에 둘이서 초기에 들어가는 자본을 충당해 주십시오."

"에엑! 10%나요?"

김철호와 미진이는 나름 CEO이었기 때문에 강권이 말했던 것들을 모두 만들 때 그룹 환이 얼마나 크게 될지 상상해 보았다. 그런데 도무지 상상이 되지 않았다. 굳이 무리를 해서 비교를 하자면 요새 한창 국내 기업과 드잡이를 벌이고 있는 애플사가 30~40개는 합해져야 겨우 비등비등할 것이다.

참고적으로 말하자면 애플사의 시가총액이 3,000억 불이 넘어가는 세계 2위의 글로벌 기업이었다. 물론 지금 당장 그룹 환이 그렇게 된다는 말은 아니었지만 말이다. 그러니 두 사람은 뒤로 넘어가며 끅끅댈 수밖에 없었다.

"너무 많나요? 그럼 1% 정도로 깎을까요?"

"아, 아니요. 10%를 주면 저희야 황송할 따름이지요."

이렇게 향후 세계를 평정할 그룹 환(桓)이 탄생하게 되었다.

*골드바의 크기 : 1kg짜리 골드바의 크기는 5cm X 10cm X 0.9mm라고 한다.

**희토류 금속 : 원소 주기율표에서 스칸듐, 이트륨, 란탄족 원소에 속한 원소들. 즉, Sc, Y, La, Ce, Pr, Nd, Pm, Sm, Eu, Gd, Tb, Dy, Ho, Er, Tm, Yb, Lu. 등 17가지의 원소를 포함한 금속을 가리키는 말이다.

위 17가지 희토류 원소는 원소의 각각 성질이 유사해서 17쌍둥이 원소라고도 하는데 희토류 원소는 1개 광물에 나머지 16가지도 포함되어 있어서 그렇게 부른다고 한다. 물론 각 원소의 함유량은 희토류 원석마다 모두 다르다.

이 17개의 희토류 원소 중 7~8개의 원소가 첨단 산업의 핵심 부품을 만드는데 꼭 필요하여 '산업계의 비타민', 혹은 '첨단 산업의 비타민'이라고 부른다.

***내선일체:내선일체에서의 '내(內)'라 함은 일본이 제2차 세계대전 전, 그들의 해외식민지를 '외지(外地)'라 부른 데 대한 일본 본토를 가리키는 '내지(內地)'의 줄임말이며, '선(鮮)'이란 말 그대로 조선을 가리키는 말로, 그 말을 해석하면 일본과 조선이 일체라는 뜻이다. 1937년 일본이 중국 침공을 개시하자, 당시의 조선총독 미나미지로(南次郎)는 이 대륙 침공에 조선을 전적으로 동원·이용하기 위한 강압정책으로 '내선일체'라는 기치를 들고 나섰다. 말은 그럴 듯하지만 그 실상은 한민족의 저항을 초기부터 말살·차단하려는 철저한 민족 말살 정책이 아닐 수 없었다.

※귀족포도:세계 여러 지방에는 그 지역의 특색에 따라 독특하고 뛰어난 맛을 드러내는 포도의 종류들이 있다. 이를 가리켜 귀족포도라고 한다.

〈프랑스〉

보르도 지방:카베르네 소비뇽(Cabernet Souvignon)—포도 품종의 황제라 불리며 타닌의 맛이 강한 것이 특징, 레드와인.

부르고뉴 지방:피노 누아(Pinot Noir)—과일향이 강한 것이 특징. 레드와인 단일 품종. 샤르도네(Chardonnay)—신맛과 깊은 맛이 조화를 이루는 것이 특징. 화이트와인의 여왕으로 불림

론 지방:시라즈(Shiraz)—타닌이 풍부하고 스파이시함. 우리나라 음식과 가장 조화를 이룬다는 평가를 받는다.

루아르 지방:소비뇽 블랑(Souvignon Blanc)—적당한 신맛과 과일 풍미가 특징. 화이트와인.

〈호주 남부 지방〉

시라즈(Shiraz).

〈이탈리아〉

피에몬테 지방:메를로(Merlot)—타닌이 적고 맛이 순해 와인 초보자나 편한 자리에 제격.

투스카니 지방:산지오베제(Sangiovese)—약간 신맛이 나고 알코올 도수가 높으며 어떤 음식과도 잘 어울림.

〈독일〉

리슬링(Riesling)—단맛과 신맛이 적절하게 조화를 이룸. 화이트와인.

〈미국 캘리포니아〉

진판델(Zinfandel)와인:맛이 풍부(블루베리, 블랙체리, 감초, 나무딸기, 후추향)하고, 강하며(Robust) 당도가 높기 때문에 알코올 도수가 높은 편임.

제6장
백두산에 올라 민족대계의 씨를 뿌리다

"오빠! 일보러 백두산에 갔다 와야 된다고? 고것이가 지금 말이 된다고 생각하고 있는 것은 아니겠지?"

정작 와이프인 경옥이는 가만히 있는데 곁다리(?)가 나서서 참견이었다.

그렇긴 하지만 사실 강권이 들었다 해도 믿기 힘든 말이었다.

가려는 곳 백두산에서 갈 수 있는 곳은 중국령이니 더욱 그렇다. 게다가 공장 하나 없는 백두산에 관광 말고 가서 할 일이 또 뭐가 있단 말인가?

예리나는 강권이 대꾸를 하지 않자 의심스럽다는 가늘게 눈을 뜨고 위아래를 훑어본다.

"허어, 예리나, 너 지금 뭐하는 거야? 왜 그렇게 쳐다 보는 거지?"

"오빠, 나 말고도 숨겨 둔 애인이 있지? 그래서 지금 혼자 중국씩이나 가겠다는 거 아냐?"

"뭐? 너 말고도 숨겨 둔 애인? 이 자식이 지금 못하는 말이 없네. 네가 어떻게 내 애인이라는 거냐?"

"내 순결을 가져가고도 모른 체 하겠다는 거야? 오빠 는 그런 사람이 아닐 줄 알았는데 설마 오빠가 그렇게 도 둑놈 심보를 쓸 줄이야. 흑흑흑······."

강권은 클럽 카이저에서 단 한 번 예리나에게 입술을 강탈당했던 죄밖에 없는데 언제 순결을 가져갔다는 건지 도무지 이해가 되지 않았다.

경옥이가 옆에 있었기에 망정이지 그렇지 않고 다른 사람이 있었다면 틀림없이 색마로 낙인이 찍혔을 것이란 생각이 뇌리를 스치자 등골이 오싹해졌다.

"야 인마! 너 지금 무슨 소리를 하고 있는 건데? 내가 언제 너의 순결을 가져갔다고 그러는 거야?"

"흑흑흑, 야! 이 오빠야, 순결을 가져갔잖아? 언니도 봤는데 지금 오리발 내밀고 있는 거야? 흑흑흑······."

"당신도 그렇게 생각해?"

"다 큰 처녀의 알몸을 봤으면 책임을 져야죠. 그게 사내답지 않을까요?"

'오! 통제라! 이 마누라가 지금 뭐하자는 거야? 설마, 예리나를 첩으로 만들라는 거야, 뭐야?'

두 여자의 수작에 강권은 너무 황당해서 두 여자를 번갈아 볼 수밖에 없었다.

서원명의 집에서 그런 기미를 보이기는 했지만 설마했는데 정말로 그런 마음을 먹고 있을 줄이야.

강권이 할 말을 잃고 쳐다보는데도 경옥은 얼굴색 하나 변하지 않고 말을 잇는다.

"당신은 결혼 제도에 대해서 어떻게 생각할지 모르겠지만 제도란 것은 세상이 바뀌면 변하게 되어 있는 거예요. 그 말은 절대적이지 않다는 말이지요."

"지금 뭔 말이 하고 싶은 건데? 로마에 가면 로마법에 따르라는 말도 있잖아. 그렇듯 세상이 바뀌면 바뀐 세상에 맞춰 살아야 하는 것 아니겠어?"

"세상의 가장 완전한 행복은 남의 이목을 의식하지 않고 자기의 마음이 내키는 대로 살아가는 것이라고 말한 사람이 누구더라? 그 사람이 아마 최모씨라는 사람이었던 것 같은데 내가 잘못 기억하고 있나?"

이 말은 전생에 부녀지간이라는 걸 껄끄럽게 여기는 경옥이에게 해 준 말이었다.

'그 말을 이 대목에서 쓰면 지금 어쩌자는 거야? 정말로 나 보고 예리나를 첩으로 들이라는 거야, 뭐야?'

강권이 황당한 표정으로 두 여자를 번갈아 보며 아무런 말도 못하고 있자 어깨를 들썩이며 울고 있던 예리나가 얼굴을 쳐들고 헤헤거렸다.

"베에, 이 바보 오빠야, 속았지롱."

"이 여자들이 정말!"

"왜, 이 예쁜 예리나를 품에 다 안았는데 그게 무산이 되니까 그렇게 화를 내는 건가요?"

방귀 뀐 놈이 성을 낸다고 딱 그 짝이었다.

한 산을 넘으니 또 산이 기다리고 한 여자 문제를 해결하자 또 한 여자가 문제를 일으켰다.

강권은 기가 막혔지만 그런다고 대꾸를 하지 않으면 완전 그쪽으로 몰아가는 게 여자들의 속성이라는 걸 알기에 얼른 대꾸를 했다.

"허어, 그렇지 않다는 걸 당신이 잘 알고 있잖아? 그런데 당신은 왜 그리 배배 꼬인 건데? 설마 내가 백두산에 당신을 데리고 가지 않는다고 화가 난 거야? 내가 이번 백두산행은 엄청 위험한 일이니 이번에는 혼자 가고 다음에는 꼭 데려가겠다고 그렇게 누누이 말했잖아?"

'에휴, 옛날 사람들은 어떻게 몇 여자를 거느리고 큰 소리 치고 살았는지 몰라. 난 두 여자한테도 이렇게 시달리는데…….'

강권은 완전 골치가 아팠다.

그런데 예리나가 강권의 화를 풀어 주겠다고 바람을 쐬러 가자고 했다.

"바람을 쐬러 가자고?"

"예. 기분이 꿀꿀할 때는 쇼핑이 최고걸랑요. 우리 셋이 함께는 한 번도 쇼핑하러 가지 않았잖아요. 마침 오빠가 처음으로 외국에 나가니까 그 기념으로다가 옷도 살 겸 이번 기회에 코를 뚫자고요. 네에?"

이제 보니 이 여우의 속셈은 염불보다 잿밥에 있는 것 같았다. 원래부터 여우였는데 몇 개월이 지난 이제는 꼬리가 너덧 개는 생긴 게 틀림없었다.

'에휴, 아무래도 이 여자들을 달래려면 그렇게 해 주어야 할 것 같구먼.'

강권은 이렇게 구시렁거리며 마지못해 따라나섰다.

"이봐! 최 기사, 운전해에."

강권이 차를 대령하자 예리나가 조수석에 냉큼 올라타며 장난을 쳤다.

"사모님, 어디로 모실까요?"

두 여자가 단골로 쇼핑하러 가는 곳이 압구정동 H백화점이라는 걸 빤히 알고 있으면서 강권은 예리나의 장난에 쿵짝을 맞춰 주었다.

예리나 역시 같은 모드로 말했다.

"최 기사, 압구정동으로 가아."

'어휴, 천하의 최강권이 뭔 수모를 당하고 있다냐?'

강권이 더 이상 쿵짝을 맞춰 주지 않자 예리나가 짐짓 호통을 쳤다.

"최 기사, 왜 대답이 없어? 지금 떫어서 그러는 거야?"

"아이고, 사모님. 알아 모시겠습니다. 됐냐? 이 촐랑아!"

"에엥! 언니, 오빠가 나 놀려. 나 보고 촐랑이래. 흑흑 흑……."

"당신, 지금 애한테 무슨 말씀을 하시는 거예요? 우리 이쁜 예리나 뚝. 착하지이?"

두 여자가 얼마나 붙어 다녔는지 이제는 손발이 척척 맞는다.

"어휴, 내가 뭔 짓거리하고 있는지 모르겠어. 마누라를 데리고 사는지 마님을 모시고 사는지 모르겠다니까."

"오빠, 마누라라니요? 마누라보다 아내, 와이프라는 말이 얼마나 좋아요?"

"마누라가 뭐 어때서? 마누라는 원래 마마와 혼용이 되어 쓰이던 극존칭이었다고. 종이품이나 종삼품을 가리키는 영감처럼 말이지."

"그래도 지금은 속된 말로 쓰이고 있잖아요? 어서 사과하세요."

"알았어, 알았다고. 미안해. 됐지?"

이러는 사이 H백화점에 도착을 해서 입구에 내려주고 어디서 만날지 물어보니 1층 명품 매장으로 오란다.

"알았어. 금방 올라갈게."

차를 주차해 놓고 1층으로 올라가자 두 여자들이 명품 매장에서 구경을 하는데 샵 지배인들이 완전 VIP 대우를 하고 있었다.

강권은 두 여자들이 어떻게 하는지 보려고 멀리서 구경을 했다.

그런데 구찌니 루이비통이니 프라다니 두 여자들이 가는 곳마다 샵 지배인들의 태도가 한결같았다.

'저래서 명품, 명품 하나 보군.'

강권이 이렇게 감탄하고 있으려니 페라가모 매장에서 30% 세일한다고 물건들을 고르고 있었다. 핸드백 하나에 130만원이 넘는데도 싸다고 하나씩 꿰어 찼다. 그것도 세일한 가격이란다.

그러더니 자기들 것만 사기 미안했던지 강권의 가방을 골랐다.

역시 130만원이 넘었다.

'뭔 저런 가방을 130만 원 넘게 주고 사. 어이쿠, 저 여자들 뒷바라지하려면 등골깨나 빠지겠군.'

고시원 비를 낼 30만 원이 없어 고시원에서 쫓겨난 게 불과 만 2년도 안 됐는데 겁 없는 두 여자들 때문에 졸지에 130만 원짜리 가방을 쓰게 생겼으니 한숨만 나왔다.

그런데 그 정도는 양반이었다. 페라가모 매장에서 가방을 샀으면서 루이비통 매장에 가서 남자 가방을 보잔다.

그러더니 턱 하니 5백만 원이 넘는 가방을 고른다.

"역시 언니는 보는 안목이 있는 것 같아. 물론 일시불이죠?"

"예. 그렇게 해 줘요."

지배인이 카드를 긁어 보더니 한도 초과라고 했다.

다른 카드를 꺼내서 주어도 마찬가지로 한도 초과였다. 다시 두 차례나 더 카드를 꺼냈지만 결과는 역시 마찬가지였다.

"이거 어쩌지? 우리 그이 정도 되면 이 정도는 들어주어야 하는데…… 지배인님 잠깐만 기다려 봐요. 우리 그이가 금방 올 거예요."

"예. 차 한 잔씩 드릴까요?"

"예. 커피 주세요."

"저는 녹차요."

두 여자들은 걱정이 되지도 않는지 태평하게 차를 마시려고 하고 있었다.

그 광경을 지켜보고 있는 강권은 씁쓸하기 짝이 없었다. 강권이 알기로는 경옥이 갖고 있는 네 개의 카드 한도는 각각 2,000만원이었다.

자기 명의의 20억이 넘어가는 빌딩에 예금 또한 수억이 있으니 카드 회사들이 작정을 하고 발급했던 것이다. 그런데 그런 카드 네 개가 전부 한도가 초과가 되었으니 둘이 손잡고 싸돌아다니면서 얼마나 긁어댄 것은 보지 않아도 빤했다.

'저 짠순이가 도대체 어떻게 변한 거야? 불과 얼마 전만 해도 개나 소나 다 들고 다니던 명품 가방 하나 없던 여자가 아니던가? 휴우, 이걸 어째? 늦바람이 무섭다더니 우리 마나님, 아주 돈 쓰는 재미에 푹 빠지셨

구먼.'

강권은 이 기회에 함부로 낭비하는 버릇을 고쳐 주려
고 이대로 가 버릴까 하는 생각이 굴뚝같았다. 하지만 그
렇게 하는 것보다 자기 여자가 망신을 당하지 않게 하는
것이 우선일 거라는 생각이 들어 루이비통 매장으로 갔
다.

"어머, 자기 왔어? 자기야 카드 좀 줘 봐."

"카드는 왜? 자네 카드도 있잖아."

"아이, 오빠는 참. 언니가 필요하니까 달라고 하지 왜
달라고 하겠어? 어서 카드나 좀 줘 봐."

강권은 어이가 없었지만 지갑을 꺼내 카드를 건네주었
다.

경옥이가 카드가 네 개씩이나 되는데 비해서 강권의
카드는 딱 하나였다. 그것도 강권이 만든 카드가 아니라
미림에 들어갈 때 미진이가 만들어 준 카드였다.

그리고 한 번도 써 보지 않아서 카드 한도가 얼마인지
도 몰랐다.

언뜻 듣기에 가방이 5백 40만원이 넘는다고 했는데
한도가 초과할지도 모른다는 생각이 들었다. 강권은 카드
를 건네주면서도 걱정이 되어 여차하면 은행에 돈을 찾으
러 갈 생각을 했다.

"어머, OOO 플래티넘 카드네요."

"그래요? 그 카드 좋은 것입니까?"

"어머머, 고객님 농담을 잘하시네요. 이 카드는 대한민국에서 0.1%만이 가질 수 있는 카드라는 걸 잘 아실 것 아니에요."

"하하, 농담은요. 정말 몰라서 물어보는 겁니다."

지배인은 헷갈리는지 강권을 아래에서 위로 쭉 훑었다. 느낌상으로는 구두, 시계, 혁대 순인 것 같았다.

어느 부류의 인간인가를 알려면 가장 먼저 구두를 보아야 하고, 그 다음에 허리띠, 그리고 시계를 보면 된다.

그것이 바로 세일즈의 상식이 아니겠는가. 그러더니 아니다 싶었는지 안색이 달라지면서 황급히 카드를 조회해 보는 것이었다.

"왜요? 카드가 잘못되었나요?"

"아, 아닙니다. 그냥 저…… 그런데 손님, 혹시 성함이 최 강 자, 권 자가 맞으시나요?"

"예. 내가 최강권인데요. 왜 그러시는데요?"

"아, 아닙니다. 손님, 제가 잠시 착각을 했습니다."

지배인은 대답은 그렇게 했지만 여전히 미심쩍은 듯 고개를 연신 갸웃거리고 있었다.

중저가 브랜드의 구두에 역시 중저가 브랜드의 방수 시계, 허리띠는 안 봐서 모르겠지만 아무리 보아도 최강 권이 상위 0.1%에 속하는 VVIP와는 거리가 멀어 보였 기 때문이다.

강권은 이 여자가 왜 그러는지 알고 쓴웃음을 짓지 않 을 수 없었다. 겉을 보고 속까지 판단하는 세태의 단면을 본 까닭이었다.

'차 크기에 따라 대우가 달라진다더니 여기서는 구두, 허리띠, 시계로 사람을 가늠하는구먼.'

강권은 내심 이렇게 구시렁거리고는 궁금한 것을 물었 다.

"나도 질문 하나 하겠소."

"예, 손님. 말씀하십시오."

"그 카드의 한도가 어떻게 됩니까?"

"예에? 정말 이 카드를 모르셔서 물으시는 것입니까?"

지배인은 너무 황당한지 이렇게 되물었다.

"모르니까 물어보는 것 아니오? 아는지 모르겠지만 이 카드를 사용하는 것도 여기가 처음이오."

"저, 그러니까…… 이 카드의 한도는 없습니다. 막말 로 이 카드로 이 매장에 있는 물건을 모두 사셔도 된다는 것이지요."

이번에는 강권이 황당해졌다.

'아니, 그 여자는 나를 어떻게 보고 이 엄청난 것을 선뜻 건넸을까?'

확실히 사주가 그래서인지, 아니면 사업을 해서인지 김미진은 배포 하나는 끝내 주는 여자였던 것이다.

그런데 카드의 한도를 알고 난 두 여자들의 등쌀에 최강권은 로또에 당첨되기 전까지 번 돈의 세 배 정도를 한 몫에 털어 넣어야 했다.

결국 혼자 백두산으로 간다는 죄 아닌 죄로 억 단위에 근접한 돈을 써야만 했던 것이다.

'돈 잃고 마음 좋은 놈 없다더니 딱 그 짝이구먼.'

강권은 이렇게 구시렁거리며 쓰린 속을 달래야 했다.

❖　❖　❖

강권이 연길 공항에 도착하자 기다리는 것은 일단의 세관원들이었다. 물론 무늬만 세관원이지 실상은 중국 MSS 요원들이었다.

강권은 빤히 알고 있었지만 전혀 내색하지 않았다.

"이 알루미늄 BOX는 뭐요?"

"보시다시피 그냥 상자입니다."

"열어 보시오."

강권이 열어 보이자 세관원들은 꼼꼼히 훑어보았다.

그러더니 다시 무슨 기계를 들이대더니 다시 훑었다. 하지만 아무리 검사를 해도 빈 상자이자 고개를 갸웃거리며 돌려주었다.

그것뿐이 아니었다.

다른 사람들은 대충 검사하고 입국 수속을 끝냈는데 강권에게는 입국 목적이며, 행선지, 얼마나 체류할 것인지 몇 번이고 되묻는 것이었다.

이렇게 중국 세관원들에게 붙들려 무려 두 시간이 넘는 검문을 당한 끝에 겨우 입국수속을 끝낼 수 있었다.

'하, 내가 블랙리스트에 올랐나 보지?'

이런 강권의 추측은 정확했다. 백호대에서 중국 정부에 통보를 했기 때문에 이처럼 세밀하게 훑었던 것이다.

그렇지만 아무리 훑고 또 훑어도 크로스백 하나에 든 옷가지 몇 개에 알루미늄 BOX 두 개뿐이니 더 이상 잡아 두기 힘들어 풀어 줄 수밖에 없었다.

입국 심사대를 벗어나자 김철호에게 연락을 받은 한세그룹 직원이 강권을 맞아 주었다.

그 직원은 40대 중반으로 보였는데 김철호에게 얼마

나 세뇌를 당했는지 보자마자 대뜸 어르신이라고 불렀다.

"어르신, 조성기라고 합니다. 그런데 무슨 일이라도 있는 것입니까? 요즘 입국 심사는 간단한데 말입니다."

"이런, 한참을 기다리셨겠네요. 저도 영문을 모르겠습니다."

"어르신. 백두산에 관광하러 가신다고 들었는데 지금이 여름이긴 하지만 산에 오르면 엄청 춥습니다. 혹시 두꺼운 옷을 준비하셨는지요?"

"아니요. 제가 추위를 타지 않는 편이라서 이렇게 입어도 괜찮습니다."

조성기는 미심쩍다는 표정이었지만 더 이상 묻지도 따지지도 않았다.

자기 막내아들뻘 되는 강권에게 어르신이라고 하기가 좀 뻘쭘했기 때문이리라.

조성기가 숙소라고 안내한 곳은 연길에서 하나뿐이라는 별 다섯 개짜리 호텔이었다.

별 다섯 개짜리여서 그런지 시설이 그런대로 괜찮았다.

그래 봐야 신림 사거리에 있는 신축 장급 여관보다도 못했지만 말이다. 강권은 조성기를 돌려보내려 했지만 그는 막무가내로 계속 붙어서 안내해 주겠다고 했다.

"어르신께서 백두산이 초행길이시라고 본부장님께서 신신당부하셨습니다."

물론 최강권으로서는 백두산이 초행이지만 명철로 살 때는 백두산에서 살았고, 정성기로 살 때 또한 풍수를 익히기 위해서 적어도 너덧 번은 왔다 갔으니 초행이 아니었다.

더구나 MSS 요원들이 호시탐탐 강권을 염탐하고 있으니 조성기는 거치적거리기만 할 뿐 전혀 도움이 안 되는 존재인 것이다.

'어허, 철호 그 사람도 참. 하긴 딴에는 나를 돕는다고 하지만 그게 내 행동에 제약을 주는지 몰라서 그러는 것이겠지.'

결국 김철호와 통화를 하고서야 조성기를 돌려보낼 수 있었다.

백두산에 오르니 지나간 세월이 손에 잡힐 것만 같았다.

"일천 하고도 수백 년 세월이 바로 엊그제만 같군."

강권은 옛날 생각이 나는 듯 평평한 바위에 가부좌를

틀고 앉았다.

그런 강권의 행동은 마치 아무 할 일 없는 사람이 시간을 때우려는 모습처럼 보였다. 또한 그것은 MSS 요원들이 뒤를 따르고 있는 것을 전혀 인식하지 못하고 있는 것 같았다.

그렇지만 실제로는 MSS 요원들을 의식하고 있으면서 그들이 들을 수 있도록 떠오르는 전생의 기억들을 소리 높여 주절거리고 있었다.

"돌이켜 보면 백두는 따뜻한 어머니의 품이었고, 친근한 친구였으며, 아버지처럼 배부르게 먹여 주는 존재였어."

'저자가 언제 백두산에 왔다는 거야?'

MSS 요원들에겐 최강권의 신상 명세가 주어졌고 대부분 암기한 상태다. 그 신상 명세로 보면 외국으로 나갔던 적은 한 번도 없는 것으로 되어 있는데 무슨 소리를 하고 있는 건가?

MSS 요원들이 헷갈려 하고 있는 와중에도 강권의 헛소리는 계속 이어지고 있었다.

"아! 정혜 공주, 그대는 어디에서 무얼 하고 있는지. 그대와의 불같은 사랑의 결실 미리내는 지금 나와 함께 살고 있다오."

눈을 감고 그 당시로 돌아가 그리운 사람을 그리워하자 강권은 자기도 모르는 사이에 눈물이 주르륵 흘렸다.

강권은 그저 MSS 요원들을 헷갈리게 만들 의도였는데 실제로 산천을 보고 과거를 떠올리자 감정이 절절해서 자기도 모르는 사이에 눈물이 나왔던 것이다.

'저게 뭐하자는 초식이지? 그리고 웬 공주? 한국에 무슨 공주가 있어?'

이런 강권의 행동은 MSS 요원들을 완전 돌아 버리게 만들었다.

이래서 적을 속이려면 나를 먼저 속이라는 말이 나온 모양이었다.

MSS 요원들이 돌아 버리든 말든 강권의 넋두리(?)는 계속되고 있었다. 그런데 꼭 넋두리만은 아닌 것이 강권은 속이는 연기(?)에 완전 몰입한 나머지 실제 상황이 되어 버렸다.

심지어 MSS 요원들의 존재는 물론이고, 시간이 흘러가는 것조차 완전 잊어버렸다.

"그녀를 처음 보았을 때 마치 선녀를 보는 것 같았어."

어린 꼬맹이 때에 스승의 손을 잡고 백두에 오른 뒤에 세상에 거의 나가 보지 않은 명철의 눈에는 하녀의 허름한 복장으로 산을 헤매는 그녀가 마냥 예뻐 보였었다.

그것은 마치 군인들이 첫 휴가를 나왔을 때 치마만 둘러도 예뻐 보인다고 하는 것 같은 그런 감정이었을 것이다.

다시 돌이켜 보니 그녀가 절세의 미녀는 아닌 것 같았다.

청담동 칠공주들은 차치하고서라도 전성기로 살 때의 절색(絕色)의 기녀(妓女)들에 비하면 다소 손색이 있었다.

하지만 사랑이란, 정이란 감정에 엮여 있으니 그녀를 떠올리자 가슴이 설레기 시작했다.

"곰바위 밑에서 비를 피하다 그녀와 처음 관계를 맺었지. 그래서 미리내가 태어났던 것이고. 곰바위는 여전한지 모르겠군."

곰바위가 떠오르자 어릴 때부터 길러서 개처럼 잘 따랐던 늑대 대살이도 생각이 났다. 늑대 대살이는 미리내가 봉황으로 시집갈 때까지 전용 호위였다.

"경옥이 그 사실을 알 수나 있을까?"

이런 강권의 행동을 지켜보고 있는 MSS 요원들은 이제 의심하는 것도 지쳐서 각기 딴생각에 골몰하고 있었다.

'저거, 우리들이 뒤를 따르는 기미를 느끼고 쇼하는 것 아닐까? 혹시 우리들을 이곳에까지 유인했다는 건가? 아니면 고정간첩과 접선을 하려는지도 모르지. 아마 맨 후자일 가능성이 클 거야.'

강권의 주절거림이 한 시간 정도 지났을 때만 해도 이런 생각들을 가졌었다.

그런데 한 시간이 두 시간이 되고, 다시 한나절이 되자 '너는 지껄여라. 우리는 딴생각을 할 테니.' 이런 무관심이 MSS 요원들 사이에 팽배해졌다.

강권의 뒤를 쫓으려고 무려 3일 동안이나 거의 자지도, 쉬지도 못하고 강행군을 한 MSS 요원들이었다.

체력이라면 현역 특수부대원들 못지않다고 자부하던 MSS 요원들도 한계에 직면해 있던 참이었다.

등산객이 다니지 않는 곳으로만 가니 혹시나 누구와 접선하는가 싶어 기를 쓰고 쫓은 결과였다. 그런데 아무런 변동 사항도 없는데 강권이 마냥 퍼질러 앉아 주절거리고 있자 강권에게 더 이상 신경을 쓰지도 않게 되었던 것이다.

MSS 요원 고대로(高大路)는 강권이 움직일 생각을

하지 않자 근처에 은신해서 강권의 동태를 살피고 있었다. 강권의 뒤를 따르는 동료들은 자신을 포함해서 모두 9명이나 되었다.

이 9라는 숫자는 한국에서는 불길하게 여기지만 중국에서는 상서롭게 생각해서 1개 지대를 9명으로 조직하고 있었다.

한 사람을 쫓는데 1개 지대를 전부 투입했다는 것은 MSS에서 그만큼 강권을 높이 평가하고 있다는 증거였다.

사실 강권을 공격할 생각이었다면 모두 함께 있었을 것이지만 그의 행적만 조사할 목적이어서 요처에 뿔뿔이 흩어져 있었다.

그런데 동료가 많다는 것이 꼭 좋은 것만은 아닌 것 같았다.

그 외에도 또 다른 동료가 있다는 생각은 고대로로 하여금 딴생각에 빠뜨렸으니까 말이다.

'한국에 있을 때가 좋았는데…….'

그랬었다. 고대로는 3년 전까지 서울에 파견 나가 있었다.

조선족으로 하여금 조선족을 상대하게 한다.

이는 중국인들이 전형적으로 사용하는 이이제이(以夷制夷) 정책의 일환이었다.

하지만 고대로는 그런 깊은 내막까지는 생각지 못하고 그저 자신이 중국인민공화국의 인민이라는 사실을 매우 자랑스럽게 생각하고 있었다.

이는 고대로만의 생각이 아니었고 중국 내 소수민족의 후예들도 대부분 그렇게 생각하고 있었다. 어렸을 때부터 화이사상에 세뇌당했으니 그렇지 않다면 오히려 이상할 지경이다.

그런데 한국에 다녀온 뒤부터 그런 확신에 조금씩 균열이 가기 시작했다.

같은 조선족이 세운 한국이라는 나라는 역동적이고 평화로웠다. MSS 실습 요원으로 다녀온 북조선과는 전혀 딴 세상이었다.

특히 한국의 밤은 세계 어느 곳에서도 볼 수 없는 화려하면서도 시끌벅적하고, 거기에 심야에 부녀자들이 혼자 돌아다녀도 될 만큼 치안이 안정되어 있었다.

고대로가 처음 한국의 밤을 접한 것은 위장 취업한 미륭전자에서 환영회 자리였다.

1차로 음식점에서 고기와 술을 먹고 2차로 노래방에 가서 노래를 불렀다.

몇 차까지 갔는지는 기억이 나지 않았지만 마지막으로 간 곳이 찜질방이었다.

중국에도 노래방이나 찜질방이 없는 것은 아니지만 서울에서 느낀 맛이 없다. 이처럼 한국의 독특한 '밤 문화'는 화이사상에 물들어 있는 고대로조차도 자신이 조선족이라는 사실이 은근히 자랑스러웠던 것이다.

고대로가 이처럼 내가 아니어도 동료들이 강권을 감시하고 있을 것이라는 생각은 다른 사람들도 마찬가지였다.

이렇게 MSS 요원들이 제각각의 생각에 빠져들자 이번에는 몇 시간째 앉아만 있던 강권이 입가에 미소를 지었다.

'후후, 이제 똥개들을 때려잡는 일만 남았는가?'

강권은 인비저빌리티 마법으로 모습을 감추고 하나씩 습격해서 혈도를 짚었다. 날고 뛴다는 천하의 MSS 요원 9명이 자신이 어떻게 당한지도 모른 채 눈만 떼굴떼굴 굴리며 처분만 바라고 있는 것이다.

"하하, 적에게는 추호도 자비를 베풀지 마라. 이런 말을 들어들 보셨나? 바로 우리 사문의 첫 번째 가르침이지."

"……."

"터무니없는 호도(糊塗)에 넘어가 조상을 부끄러워하고 부정하려는 자들은 새알을 터트려 더 이상 씨를 뿌리지 못하게 하라. 이 말은 우리 사문의 두 번째 가르침이야."

"……."

"이 두 가지의 가르침에 따르면 너희들의 새알을 모두 터트려 버려야 하는데 어떻게 생각하는가?"

고대로를 비롯한 MSS 요원들의 안색은 대번에 흙빛으로 변했다.

강권의 말에 따르면 자신들의 새알은 영락없이 터져 버릴 운명에 처해 있었기 때문이다.

"네 녀석들의 골상을 보아하니 다들 한족이 동이족이라고 부르는 조선족들이로군. 으음, 어쩐다? 같은 민족으로서 한 번의 기회를 줄까? 아니면 적이라고 생각하고 확 터트려 버려?"

강권이 짐짓 고민을 하는 척하자 MSS 요원들은 한 번 기회를 달라고 말하고 싶었다. 그렇지만 아혈과 마혈이 제압당해 옴짝달싹할 수 없어 식은땀만 줄줄 흘리고 있었다.

the 리더

"너희들에게 한 가지 묻자. 봉선의식은 동이족의 전통인데 왜 천하를 통일했다는 진시황이 태산에서 동쪽에 절을 하며 봉선의식(封禪儀式)을 펼쳤을까?"

"……."

"내친 김에 몇 가지 더 묻지. 사마천의 사기 본기 권 1─3에 보면 蚩尤古天子(치우고천자)라는 대목이 나오고 孔安國曰九黎君號蚩尤是也(구리의 통치자는 치우다)라는 대목이 나온다. 그런데 한족의 시조라는 헌원은 구리국의 제후 소전의 아들이라고 되어 있어. 그런데도 헌원이 반란군인 치우를 토벌했다고 쓰고 있지. 천자가 높을까 아니면 제후가 높을까? 그런데 어떻게 천자가 제후에게 반란을 일으켰다고 할 수 있는 거지?"

"……."

"반면에 사기보다 더 오랜 사서인 하나라 우왕이 찬(撰)한 산해경(山海經)에는 치우가 군사를 일으켜 토벌했다고 되어 있어. 어느 것이 옳을까?"

"……."

말은 할 수 없었지만 MSS 요원들의 눈에는 이채가 떠오르고 있었다. 그것은 강권의 말에 대한 긍정적인 의혹이었다.

강권은 그것을 느끼고는 나지막하게 한숨을 내쉬며 말

을 이었다.

"휴, 중국의 소수민족 중 하나인 묘족에는 치우 천자에 대한 찬양의 노래인 *치우만가(蚩尤輓歌)가 전해져 내려오지. '5천 년 동안 강물을 피로 붉게 물들게 하였다.'는 대목에서 누가 승자이고 패자인지 확실해지지 않을까? 상식적으로 생각해서 누가 패한 자를 오천 년 동안 기억해 주려 할까? 안 그래?"

"……"

"이렇듯 중국이란 나라는 반란의 첫 단추를 지우기 위해서 역사를 철저하게 왜곡해 왔어. 고구려를 멸망시키면서 소정방과 설인귀가 왜 국서고(國書庫)를 부수고 사서를 전부 불태웠을까? 그 서책이 어찌나 많았던지 무려 7주야 동안이나 불에 탔다는 말도 전해 오지. 너희들은 믿지 못하겠지만 중국의 추악한 과거를 적고 있는 사서들을 모두 불사른 거야. 또 분서갱유에 나오는 분서(焚書)라는 것도 사실은 역사 왜곡의 시발이라는 것을 아는 사람은 다 알고 있어."

"……"

"최근에는 동북공정이라는 역사 왜곡을 시작하고 있잖아? 그런데 머잖아 중국 한복판에서 분서갱유에서 살아남은 역사서들이 대거 발굴될 것이야. 그것으로 수천 년 동안의 벌여 왔던 추악한 왜곡의 역사는 종지부를 찍게 되겠지. 그러면 중국은 걷잡을 수 없이 분열을 일으킬 것이고 소국으로 전락하고 말 것이다."

"……."

MSS 요원들의 눈에는 강권의 말을 부정하면서도 어쩌면 강권의 말이 이루어질지도 모른다는 생각을 하게 되었다.

강권이 너무나 자신만만하게 말하고 있었기 때문이다.

"어디 역사만 왜곡하고 있는 줄 알아? 종이만 해도 후한의 채륜이란 자가 발명했다고 떠들고 있지? 하지만 종이는 이미 수천 년 전에 우리 조상들이 만들어 썼어. 못 믿겠지? 중국에서 가장 극찬을 받는 종이가 뭔지 알아? 바로 **고려지(高麗紙)야. 친 년이 지나도 채색이 변하지 않는 명품 중의 명품이었어. 종이 만드는 기술을 중국보다 먼저 개발하지 못했으면 그런 고급 중이를 만들지 못했겠지. 안 그래?"

"……."

*치우만가(蚩尤輓歌)
출전 사이트 : 우리 역사의 비밀 송준희(2006—10—11 11:15)
붉은악마와 묘족(苗族)의 "치우천왕"에 대한 인식

천고기재횡공현(千古奇才橫空賢), 가담병론염황간(可堪幷論炎黃間).
오병형법군시점(五兵刑法君始点), 구리생기충운천(九黎生氣沖云天).
석권중원화하련(席卷中原華夏聯), 혈염강하오천년(血染江河五千年).
영명불인탁록패(英名不因涿鹿敗), 로흑석산백화선(老黑石山百花鮮).
내용을 해석하자면
천고(千古)의 세월 동안 이어져 오는 뛰어난 영웅인 치우천왕은
염제(炎帝)와 황제(黃帝)와 더불어 가히 더불어 이야기할 만하다.
다섯 가지의 병기(兵器)를 만들었으며 형(刑)과 법(法)이 치우천

왕으로부터 비롯되었으며 구리(九黎) 백성들의 사기는 하늘을 찌르고도 남는다.

　화하족(華夏族)의 연맹 세력인 염제와 황제를 무찌르고 중원 대륙을 석권하니 5천 년 동안 강물을 피로 붉게 물들게 하였다.

　빛나는 영웅의 이름이 탁록(涿鹿)의 패배에 의한 것이 아니지만

　흑석산의 온갖 꽃들이 여전히 선명하다.

　**고려지(高麗紙):중국의 문인들이 최고로 치는 종이는 고려지인데 금처럼 오래간다고 해서 '금령지(金齡紙)'라는 호칭으로 불렸다.

　※이 장의 말미에 수록된 내용 중 상당 부분은 사이트, 우리 역사의 비밀(www.0002.net)에서 참고하였습니다.

제7장

나는 천생 이계로 넘어가야 할 운명인가?

강권은 시시덕거리며 산길을 달리고 있었다. 자기 말에 MSS 요원들의 눈이 이리저리 굴리는 것이 생각나서였다.

"히히! 자식들 지금 내 말을 긴가민가하며 엄청 헷갈리고들 있겠지? 나도 내가 뭔 말을 했는지 모르는데 니들은 얼마나 헷갈릴 거야? 하하하! 하지만 그중 상당 부분은 역사의 진실이고, 중국 해체의 씨앗이 될 것이라는 것은 아마 꿈에도 생각하지 못하겠지?"

상대를 완전 속이는 방법은 90%의 진실 속에 10%의 거짓을 감추는 것에 있다고 했던가. 강권의 말은 대부분 사실이었다.

중국은 56여 개 민족으로 이루어진 나라이고 그중에서 한족이 차지하고 있는 비율이 90% 이상이라고 알려져 있다.

그런데 만약 이 비율이 동북공정처럼 치밀하게 조작된 것이고 실질적인 한족은 10% 미만인 게 밝혀지면 어떻게 될까?

일례를 들어 보면 오호십육국 시대의 흉노, 말갈, 저족, 강족 등의 이른바 호에 속하는 수많은 민족들이 알게 모르게 한족에 흡수되었다. 나머지 소수민족들 대부분 역시 그렇게 소수민족으로 전락되었다.

그런데 그렇게 흡수되어진 사람들을 온전히 한족이라 할 수 있을까? 문제는 그것이 아니었다.

중국의 자원 대부분이 소수민족들의 영역에 있고 그들의 영역이 중국 대륙의 90%를 차지한다는 데 있었다.

중국은 부의 편중이 극심하고 그중 대부분을 한족들이 차지하고 있다. 또한 경제 개발로 인해 얻는 소득은 대부분 한족들이 차지하고 있다. 그렇게 지역 간 불균형의 결과는 반정부 시위로 이어지고 있고 분열로 이루어질 것이다.

오행상으로 보더라도 불은 구심력이 없어 흩어지게 되

어 있다.

그게 지금 당면한 중국의 현 주소이고 과제인 셈이다.

❖　❖　❖

"이쯤인 것 같은데 어째서 보이지 않는 거지? 엄청 바뀐 것 같네."

강권은 MSS 요원들의 혈도를 짚어 반나절 정도 꼼짝 못하게 해 놓고 난 뒤에 예전 사문이 있던 곳을 찾았다. 금방 찾을 수 있을 것이라고 생각했던 마황곡(魔皇谷)이 보이지 않았다.

무려 1,400년 만이라서 그런지 영 헷갈렸다. 그렇더라도 강권의 감각이라면 찾을 수 있어야 정상이었다.

그렇지만 길이던 곳이 절벽이 되었는가 하면 없던 봉우리가 솟아 있기도 해서 도무지 찾을 수 없었다.

그때 불현듯 뇌리에 스치는 게 있었다.

"가만 있어 보자, 원래 내가 살았던 때 백두산의 높이는 이보다 훨씬 높았었지. 근 1,000m는 더 높았던 것 같은데…… 맞아. 10C 초에 백두산에 큰 폭발이 있었다고 했지. 지금 백두산의 높이가 2,744m니까 더 위쪽으로 올라가야 한다는 결론이로군."

당시에 천살문은 백두산의 7부 능선 부근에 있었다.

"그렇다면……."

대충 계산해 보니 정상 근처일 것 같았다.

찾을 범위가 많이 좁혀지기는 했지만 그것만으로는 넓은 백두산에서 정확한 지점을 찾기가 어려웠다.

물론 지형이 너무 많이 바뀐 것이 주된 원인이었다.

그것은 오랜 세월의 작용이기도 했고, 발해 멸망에 그 어림에 발생한 *백두산 폭발 때문이기도 했다. 아무리 헤매도 도무지 찾을 수 없자 강권은 가부좌를 틀고 명상에 잠겼다.

한참을 숙고하던 강권은 마법이라는 비상 수단을 동원해서 찾기로 했다. 그리하여 플라이 마법으로 마나를 완전 소모한 끝에야 간신히 낯익은 것을 찾아낼 수 있었다.

하지만 사문이 있던 곳은 잿빛 흙으로 뒤덮여 있었다. 아마도 두꺼운 화산재이리라.

마황곡을 찾은 강권의 일성은 이랬다.

"어억! 대기가 왜 이래? 뭐, 이렇게 기분 나쁘게 끈적 끈적하지? 마치 장마철에 느껴지는 딱 그거로군."

사문의 유적을 찾았을 때 다른 곳보다 유난히 기의 밀도가 높다는 생각이 들었지만 그거야 사문의 성지여서 그런다 싶었다.

그런데 마황곡에 들어서자 비로소 이계에서 밀려들어오는 기 때문이라는 것을 알아차릴 수 있었다.

"이런 곳에서 3~4년만 수련을 하면 개나 소나 다 장풍을 쓴다고 설치겠군."

아닌 게 아니라 화악산의 강권의 수련하는 장소만큼이나 비정상적으로 기가 농밀했다. 차이가 있다면 화악산의 수련 장소가 음랭하다면 이곳은 온화한 가운데 끈적끈적했다.

아쉬운 점은 강권이 익히고 있는 무진신공이 땅의 기운을 이용하는 것이어서 크게 도움이 되지 않는다는 것이다.

이처럼 비정상적인 곳이라면 하루 빨리 진을 복원해야한다.

그렇지 않으면 오우거가 설치고 와이번이 난리 피울지도 모른다. 아니, 드래곤이라는 존재도 다시 넘어올 수있다.

아무리 과학이 발달했다고 하더라도 명학의 기억 속에있는 드래곤이라는 존재가 이쪽 세계로 넘어온다면 과연감당할 수 있을까? 강권은 마음이 급해져서 마황곡 내에펼쳐진 진의 상태를 살폈다. 진은 의외로 멀쩡했다.

"진이 훼손된 게 아니라 제구실을 하지 못하는 것은 화산 폭발로 인한 이물질이 유입되었던 때문인 것 같군."

그랬다. 화산재와 마그마가 완전 뒤섞여서 진이 제구실을 못하고 있었던 것이다. 진의 영향 때문인지 마황곡 안은 화산재와 마그마가 조금밖에 없다는 것이 그나마 다행이었다.

만약 다른 곳에서처럼 마그마와 화산재가 수십 미터 층을 이루어 쌓였다면 진을 원상 회복시키기 위해서 최소한 몇 개월 동안은 중노동에 시달려야 했을 것이다.

"이거 '노옴'의 도움을 받으면 진의 복원은 반나절이면 끝나겠는걸. 그럼 저쪽에서는 넘어오지 못하게 하고, 이쪽에서는 넘어갈 수 있게 진을 설치하는 걸로 소기의 성과를 달성할 수 있겠어."

원래 생각하고 있던 자오철추(子午鐵鎚) 대라만상(大羅萬象) 무변진(無變陳)은 복잡한 이름만큼이나 설치하기도 복잡해서 엄청 집중을 해야 한다.

그런데 저쪽 세상과 단절시키는 진법이 원래의 효력을 갖고 있기 때문에 저쪽 세상으로 갈 수 있는 통로에 해당하는 진법 하나만 설치하면 된다.

물론 진 안에 진을 설치하는 것은 조금 골치 아픈 계산

이 필요로 하지만 관상감 정첨으로 있을 때 이미 **산경
십서(算經十書)에 달통할 정도로 수학에 자질이 있던 터
였다.

게다가 현대 수학까지 접하지 않았는가. 또한 이 진은
굳이 지금 설치하지 않고 나중에 설치해도 전혀 문제가
되지 않았다. 하지만 강권은 이미 설치하기로 마음을 먹
고 있었다.

"기왕 이곳에 왔으니 떡 본 김에 제사 지내지 뭐."

일단 마음을 먹으면 곧바로 실천에 옮기는 최강권인지
라 진의 복원은 '노옴'에게 맡겨 놓고 이계의 통로로 쓸
진을 설치하기 위해 계산에 나섰다.

기존의 진에 다른 진을 끼워 넣는 작업은 엄청 정밀해
야 하기 때문에 기존 진의 규모를 정확하게 알아내야만
한다.

진의 규모를 알아내는 데에 강권의 신발이 단단히 한
몫을 했다. 신발 사이즈가 300mm여서 계산하기 딱 좋
았던 것이다. 하지만 거리를 일일이 발로 잰다는 것은 불
편하기 짝이 없었다.

"머리가 나쁘면 손발이 고생한다고 깜박 잊고 줄자를
호텔에 두고 온 게 이런 헛고생을 하게 만드는군."

정확하게 말하자면 깜박 잊고 줄자를 두고 온 것이 아

니었다.

우연히 바람을 쐬러 나왔다가 MSS 요원들이 따르는 것을 보고 그들을 골탕 먹이려고 하다 그렇게 된 것이었다.

강권의 자승자박이니 땀을 좀 흘린다고 불평할 자격이 없었다.

"엇! 저게 뭐야?"

그렇게 한 걸음씩, 한 걸음씩 걷지 않았다면 도저히 알아차릴 수 없는 것이 눈에 들어왔다.

그것은 수정구였다. 수정을 둥글게 깎아 만든 수정구가 마황곡 암벽에 박혀 있었는데 먼지가 두껍게 덮여 있어 줄자로 재면서 대충 지나쳤다면 천하의 최강권이라고 하더라도 발견할 수 없었을 것이다.

가까이 다가가서 먼지를 걷어내자 수정구의 매끈한 곡면이 드러났다.

"누가 이렇게 정교하게 깎았지?"

현대 발달된 기술이라면 이 정도야 우습게 만들 수 있겠지만 이 수정구가 만들어진 시기가 최소 1,500년이 넘었음을 감안하면 놀라운 솜씨가 아닐 수 없었다.

강권은 사문의 보물이라 생각하고 수정구를 빼내려 했지만 옴짝달싹하지 않았다.

결국 무진신공을 일으켜 파내려 했다.

그런데 무진신공을 일으켜서 수정구에 손을 갖다 대자 놀라운 일이 벌어졌다.

그르릉 하는 소리와 함께 마황곡의 벽이 열리고 있었던 것이다.

"앗! 사문에 내려오는 조사의 안배가 이것이었나?"

마황곡이 열리면 홍익의 세상을 이룰 초인이 나타나리라.

이것은 조사가 마황곡을 금지로 정하면서 내린 유시였다.

조사가 금지로 정했으니 강권의 전생인 명철은 한 번도 와 볼 생각도 않았었다.

"조사의 유시가 내 대에 실현이 되다니……."

천살문의 조사는 구리국의 14대 치우천왕의 동생인 치만선인이었다. 강권이 알기로는 치만선인은 단군왕검이 신시를 열기 200여 년 전에 디멘션 게이트를 발견하고 이를 막으려고 마황곡에 터를 잡고 천살문을 개창했다는 것이었다.

강권이 기억하고 있는 정확한 연대는 4588년 전, BC

2577년의 일이었다.

강권은 잠시 망설이다 일단 열린 암동으로 들어가기로 했다.

그런데 암동에는 지구에서는 전혀 생각지 못한 시설들이 있었다. 그것은 명학의 기억 속에 있었던 마법등(魔法燈)이었다.

놀라운 것은 아직 마법등이 불을 밝히고 있다는 것이었다.

"어! 저거는 마법등. 그런데 왜 이곳에 마법등이 있는 거지?"

명철이 천살문의 장령제자니 천살문의 내막은 어느 정도 알고 있다고 자부할 수 있었다. 그런데 강권의 기억으로는 천살문에 마법에 관한 것은 전혀 없었다.

그런데 어떻게 천살문의 중지인 마황곡에 마법등이 있을 수 있단 말인가?

강권의 의문은 금방 해소되었다.

암동 안으로 조금 더 들어가자 마치 홀로그램처럼 금발의 중년인이 나타나 거기에 사연을 시시콜콜 알려 주었던 것이다.

[나는 고룡급의 골드 드래곤 칼리크 레고우스다. 연자

는 아마도 내 벗인 치만선인(蚩悗仙人)의 후인일 것이다. 연자가 내 벗인 치만선인의 후인이 맞는다면 앞으로 칼리크라고 불러도 좋다.

……중략…….

나는 우연히 마나의 흐름이 왜곡되고 있다는 것이 이상하여 돌아보던 중에 디멘션 게이트를 발견하고 호기심에서 이 세상으로 넘어오게 되었다.

이 세계에 넘어와서 처음 마주친 사람이 내 벗인 치만선인이다.

나는 당연히 내가 있던 세상에서처럼 치만선인을 업신여겨 무례를 범했다. 치만선인은 내 버릇을 가르쳐 주겠다고 덤볐다. 나도 버릇없는 인간을 징벌하기 위해서 그의 결투 신청을 받아들였다.

나는 마법으로, 그는 무예와 도술로 사흘 밤낮을 싸우게 되었고, 결과는 내 참패로 끝이 났다.

……중략…….

내 벗, 치만선인은 내 나이가 8,000살이 넘었다는 것을 알고는 나를 영물로 인정을 하여 벗으로 인정해 주었다.

그 후 나는 내 벗, 치만선인이 선계에 오를 때까지 서로의 지식을 교환하며 함께 지냈다.

그러던 어느 날 치만선인은 자신이 우화등선을 한다고 했다. 인간이 어떻게 신이 된다는 말인가? 치만선인을 통해 나는 인간이 결코 버러지 같은 존재는 아니라는 것을 알게 되었다.

내 벗, 치만선인은 우화등선하기 전에 천기를 읽고 이곳 세상에서 내가 살고 있는 곳으로 넘어간 자에 의해서 내가 살고 있는 세상에 엄청난 피가 흐르게 됨을 걱정했다. 내가 살고 있는 세상에서 그자를 막을 사람이 없다는 것이었다.

……중략…….

연자여! 그대가 그 피를 막을 자이니라.

연자를 위해 몇 가지 선물을 준비했다. 첫째는 내 드래곤 하트로 만든 인장 반지다. 이 인장 반지는 내가 살고 있는 곳에 오면 내 레어로 텔레포트할 수 있게 되어 있다. 인간들로서는 꿈도 꿀 수 없는 것이지.

두 번째는 역시 내 드래곤 하트와 내 드래곤 본으로 만든 목걸이다. 이 목걸이에는 앱솔루트 배리어가 인챈트되어 있어 목걸이를 착용하면 어떤 위험에서도 몸을 지킬 수 있을 것이다. 앱솔루트 배리어를 인챈트할 수 있는 인간은 이전에도 없었지만 앞으로도 없을 것이다.

세 번째는 내 드래곤 본으로 만든 한 쌍의 토시다. 이 토시에는 각각 내 벗, 치만선인의 유품과 내가 연자에게 주는 선물이 들어 있다. 부언하자면 각각의 토시는 마차 100대 분량이 들어가는 아공간이 설계되어 있다는 것이다.

연자여 유용하게 쓰도록 하라. 인간이 아무리 크게 무한 배낭을 만든다 하더라도 끽해야 겨우 마차 10대 정도일 것이다.

……중략…….

추신.

연자여, 가능한 빨리 내가 살고 있는 세상으로 가서 중간계의 질서를 어지럽히는 자를 처단하도록 하라.] ->이 부분도 서체를 바꾸는 게 어떨지? 한컴바탕->HY궁서체

"드래곤들은 다 이런가? 아니면 이 드래곤만 그런 건가?"

이 금발머리 드래곤은 처음에 천살문의 조사인 치만선인에게 깨졌다는 것을 제외하고 순 자기 자랑뿐이었다.

강권은 드래곤들이 어떻다는 것 정도는 대충 알고 있었지만 실제로 이럴 줄은 몰랐다. 그렇기는 해도 천살문의 조사인 치만선인에게 깨졌다는 말을 태연하게 할 정도

면 어느 정도 객관적(?)인 것 같았다.

강권은 이런 말을 하면서 칼리크가 남긴 말을 떠올리다 문득 자신의 현실과 관련해서 좀 이상한 생각이 들었다.

"그러고 보니 전생을 읽은 능력과 골드 드래곤 칼리크가 남긴 것, 그리고 명학과의 관계가 전부 이계로 연결이 되는군. 이계와 나와는 떼려야 뗄 수 없는 불가분의 관계인가?"

강권은 천상 자기는 이계로 가야만 할 숙명 같은 게 느껴졌다.

어떻게 생각하면 칼리크가 남긴 것들은 명학의 엄청난 능력에 대항할 수 있는 무기와 같은 것들이었다.

칼리크의 오만방자를 생각하면 칼리크가 남긴 것들을 사용하고 싶지는 않았지만 감정 때문에 엄청난 이익을 포기할 정도로 강권은 어리석지 않았다.

"그래도 뭐, 나를 위해서 그것들을 남겼다니 잘 쓰겠수."

강권은 드래곤 칼리크가 남긴 세 종, 네 개의 아티펙트를 하나하나 몸에 부착했다. 칼리크의 말에 따르면 아티펙트에 진기를 주입시키면 주인으로 인식해서 강권이 죽지 않는 한 강권에게 영구적으로 귀속된다고 했다. 또한 강권이 마법에 대해서 모를 것이라고 생각했는지 아티펙트에 에고를 부여했다고 했다.

칼리크의 말대로라면 이 아티펙트들은 강권의 마음을 읽고 강권의 뜻에 따른다는 것이었다.

"에고라니? 이 아티펙트들이 생각을 하고 나름 의사 결정을 할 수 있다는 말인가? 설마……."

강권은 혹시나 하는 생각에 아티펙트에 박혀 있는 드래곤 하트에 무진신공을 일으켜 진기를 주입해 보기로 했다.

인장 반지와 목걸이에는 황색 토파즈와 같은 보석이 박혀 있었고, 한 쌍의 토시에는 루비처럼 붉은 보석이 박혀 있었다.

"그런데 왜 같은 드래곤 하트인데 색깔이 다를까?"

그러다 문득 인장 반지와 목걸이에는 칼리크가 자기 드래곤 하트라고 명시를 했는데 토시에는 그런 말이 없었다는 게 떠올랐다.

"그렇다면 드래곤 하트의 색깔이 무슨 드래곤이냐에 따라서 다르다는 것인가?"

강권이 생각한 대로 드래곤 하트의 색깔은 드래곤에 따라서 각각 다른 것이었다. 그러니까 토시에 박힌 드래곤 하트가 붉은 색깔인 것은 레드 드래곤 카라쿤 쿠리에 타의 드래곤 하트였기 때문이다.

같은 이유로 인장 반지와 목걸이의 보석은 칼리크의 드래곤 하트였기 때문에 노란빛을 띠었다.

강권은 반지를 먼저 착용하고 반지에 박혀 있는 드래곤 하트에 무진진기를 주입했다. 그러자 처음에는 진기를 받아들이는가 싶더니 다시 되돌아 나와 그 진기(?)가 강권의 몸속에서 마구 돌아다녔다. 그런데 어느 순간 강권의 두뇌에서 멈추었다.

강권이 문득 섬뜩한 느낌을 들어 인장 반지를 빼내려 하자 인장 반지가 마치 말을 하는 것처럼 느껴졌다.

—그대는 나의 주인이다. 내 이름을 지어 주라.

"이름?"

—그렇다. 이름이 있어야만 내 능력을 제대로 발휘할 수 있다.

"'달', 달이 어때?"

—달. 좋다. 앞으로 내 이름은 달이다. 그렇게 불러 달라.

인장 반지, 달은 처음에는 말을 갓 배우는 꼬맹이처럼 어눌하게 말을 하더니 점점 능숙하게 말을 했다.

강권은 신기한 생각이 들어 이번에는 목걸이를 착용하고 진기를 주입했다. 목걸이 역시 달이처럼 똑같은 과정을 거치며 이름을 '해' 로 부여했다.

토시 역시 그럴 것이라는 생각으로 진기를 주입했으나 이번에는 강권의 기대를 완전 배신했다.

달이나 해처럼 그렇게 말을 하지 않았던 것이다. 대신에 별들은 다른 능력을 보여 주었다.

강권이 토시 안에 무엇이 들어 있는가를 생각하자 토시 안에 들어 있는 물건들이 눈에 보이는 것처럼 선명하게 느껴졌다. 즉, 말 대신에 실제 현상으로 보여 주었던 것이다.

"같은 에고인데 왜 이런 차이가 있는 거지?"

강권이 곰곰이 생각해 보니 아티펙트에 박혀 있는 드래곤 하트 때문인 것 같았다.

인장 반지와 목걸이에 박혀 있는 드래곤 하트는 칼리크의 드래곤 하트여서 온전한 에고를 만들 수 있었는데 토시는 그렇지 않아서일 것 같다는 것이다.

강권의 이런 생각은 달이의 긍정으로 의문이 해소되어졌다.

"그러니까 드래곤이라도 자기의 드래곤 하트로만 온전한 에고를 만들 수 있단 말이지?"

—그렇다. 에고를 만드는 것은 창조 행위이기 때문이다. 창조 행위는 신만이 가능해서 위대한 존재인 드래곤

의 능력으로서도 제한적일 수밖에 없는 것이다. 따라서
저 녀석들은 진정한 의미의 에고라고 할 수 없다.

"그럼 에고는 구체적으로 어떤 존재지?"

—에고는 일정한 학습 능력이 있고 판단 능력이 있다.
그렇지만 에고는 궁극적으로 주인의 존재에 영적으로 종
속된 존재여서 주인의 의사에 복종하게 되어 있다.

강권은 해와 달과 한참 동안 이야기를 나누다 해와 달
이 22C 경에나 만들어지는 제3세대 인공지능과 비슷하
거나 조금 나은 정도의 능력을 가졌다는 것을 알게 되었
다.

그렇지만 이 생각은 잠시 후 다시 수정해야만 했다. 해
와 달이 자신의 머릿속에 있는 지식들을 자기와 공유하고
있다는 것이었다.

"뭐시라? 그러니까 너희들이 내 허락도 없이 내 생각
을 읽었단 말이야?"

—주인, 그건 어쩔 수 없다. 우리 에고는 주인과 동일
하게 사고하도록 창조되어진 존재다. 따라서 우리는 주인
의 몸과 같도록 재구성되어야 한다. 정확히 말한다면 주
인의 뇌의 사고방식과 똑같이 사고해야 존재 가치가 있다
는 말이다. 그러니 어쩔 수 없다.

강권은 어째 자신이 경옥과 서원명의 전생을 읽은 인과응보를 당하고 있다는 묘한 기분이 들었다.

'한마디로 기분이 더럽군. 쩝, 그래도 나는 당한지를 알고 있으니 좀 나은 건가?'

강권은 기분이 더러웠지만 기왕 이렇게 된 것 해와 달을 철저하게 써 먹기로 하고 한참 동안 해와 달에게 질문을 한 끝에 놀라운 사실을 알아낼 수 있었다.

"그러니까 너희들이 마법을 할 수 있단 말이지?"

─그렇다, 주인. 주인의 머릿속에 있는 마법을 전부 쓸 수 있다. 다만 마나력에 한계가 있어서 3클래스 마법까지는 마음대로 사용할 수 있지만 3클래스 이상의 마법을 사용하면 마나가 회복이 될 때까지는 수면에 들어야 한다.

"8클래스 마법도 할 수 있다고?"

─물론 할 수 있다. 하지만 8클래스의 마법을 사용한다면 지구의 열악한 마나 사정으로는 주인과는 영영 이별을 할지도 모른다.

해와 달의 얘기를 종합해 보면 이들이 마법을 하는 것은 칼리크의 드래곤 하트에 들어 있는 마나 때문이었다.

해와 달은 마나를 소모하면 자동으로 충전되도록 인

챈트가 되어 있다. 그래서 어지간한 마법이라면 쓰는 순간 조금씩 보충이 되지만 고 클래스의 마법은 엄청난 마나를 소비하기 때문에 한계를 벗어날 수 있다는 것이다.

한 클래스 올라갈 때마다 네 배에 달하는 마나가 소모되기 때문에 8클래스 마법을 펼치는데 소모되는 마나량은 1클래스에 소모되는 마나량의 무려 4의 7승배에 달한다는 것이었다.

결국 너무 많은 마나를 방출해서 에고가 파괴될 수도 있다는 말이었다.

이때 '노옴'이 진을 원래대로 복원을 시키고 돌아왔다.

강권은 시간이 상당히 지났다는 걸 느끼고 이계로 갈 수 있는 통로에 해당하는 진을 설치해야 할 때라는 걸 느꼈다.

—주인아, 저쪽 세계로 넘어갈 수 있는 통로를 만들 거라고?

—주인아, 저쪽 세상은 이곳보다 마나의 밀도가 엄청 진하다며? 그럼 아마도 저쪽 세상에서는 8클래스 마법을 펼칠 수 있을지도 모르겠다.

해와 달이 자신의 생각을 읽고 수다를 떨어대자 강권

은 눈살을 찌푸리며 소리쳤다.

"누가 너희들 마음대로 내 생각을 읽으라고 그랬어? 앞으로는 그러지마! 이건 명령이다! 알겠지?"

―주인아. 그건 명령이라도 어쩔 수 없다. 달이 주인의 생각을 읽은 게 아니고 영적으로 연결이 되어서 읽으려고 하지 않아도 저절로 알게 된다.

―달이의 말이 맞다. 해도 마찬가지다. 주인과 우리는 어쩔 수 없이 한 배를 탄 운명공동체다. 그것을 알아 달라. 그리고 기왕 운명 공동체란 말이 나왔으니 한 가지 주인에게 충고할 게 있다. 우리는 주인과 운명 공동체이기 때문에 주인이 생각을 하면 우리는 저절로 반응을 하게 되어 있다. 그러니 그렇게 돼지 멱따는 것처럼 시끄럽게 말할 필요가 없다.

―해의 말이 맞다. 나, 달도 주인에게 충고 하나 하겠다. 우리는 모두 운명 공동체이기 때문에 더럽다고 생각할 필요가 전혀 없다. 오히려 주인의 수고를 덜어 줄 수 있는 점에 즐겁다고 생각을 해야 한다.

이렇게 말들이 많으니 강권으로서도 어쩔 수 없었다. 그렇다고 레어 급의 엄청난 아티펙트를 그냥 버릴 수도 없는 노릇이 아닌가? 강권은 졸지에 시어머니 두 명을 모시고 사는 꼴이었다.

더 이상 말해 봐야 해와 달에게 이길 수 없음을 강권은 시인할 수밖에 없었다.

'이런 젠장!'

강권은 내심 구시렁거리려다 입을 다물었다. 해와 달에게 자신의 생각을 읽힌다는 게 떠올랐기 때문이다. 결국 강권은 무사고(無思考)란 고도의 도(?)를 수행하는 수행자의 길을 걸어야 했다.

'제기랄!'

강권은 내심 투덜거리다가 문득 뇌리에 번뜩 스쳐 가는 생각이 있었다. 토시 속에 조사 치만선인께서 남기신 비전의 비급들이 생각났던 것이다.

그 비급들은 단군 조선시대 이전의 ***환인과 환웅시대에 전하던 것들이다. 환인시대는 지금과는 완전 다른 무술과 선술(仙術)이 존재했다.

비근한 예를 들어 보면 환인시대 3301년 동안에 단지 일곱 분의 왕만이 존재했다. 그것은 왕 한 분이 근 500년 동안 재위하셨다는 말이 된다.

'거기에는 혹시?'

혹시 하는 생각에서 강권은 토시에서 비급을 꺼내 들었다.

토시는 반 에고였기 때문에 토시와 강권은 심령으로

연결이 되어 있어서 토시에서 물건을 넣고 꺼내는 방법은 아주 간단했다.

꺼내려는 마음을 먹으면 나왔고, 넣으려고 마음먹으면 다시 토시 안으로 들어갔다.

강권이 마음을 공부하는 책을 꺼내려는 생각을 하자 토시는 책을 토해 내듯 강권의 손에 놓아 주었다.

'심경(心經).'

심경은 말 그대로 마음을 다스리는 공부였다.

심경이 환웅시대를 여신 환웅시대 1세 국왕이신 거발환 님의 재위 초기에 안파견 님의 가르침을 다시 엮어 만들어졌다고 되어 있었다.

'어? 그럼 이 심경이 만들어진 게 B.C 3890년 경일 텐데 어떻게 질 좋은 비단으로 제본이 되어 있지? 후한의 채륜이 종이를 발명했다는 연도가 105년이니 근 4,000년 전이 아닌가 말이야.'

그런데 이 의문은 심경을 읽어 가면서 조금씩 풀려 가기 시작했다.

심경의 내용 가운데는 미래를 읽는 방법도 기술되어 있었기 때문이다. 심경에 따르면 인간의 마음 안에는 전생의 정보뿐만이 아니라 미래에 대한 정보까지 다 들어있다는 것이었다.

물론 이러한 것들을 읽으려면 도(道)를 터득해야 가능하지만 전혀 불가능하지는 않다는 것이었다.

그래서 중요한 것은 결과가 아니라 과정이며 직면한 현실에 있어서 얼마나 성심껏 행동하느냐를 우선시하고 있었다.

강권은 심경의 한 구절에 정신을 빼앗겨 버렸다.

인간은 누구나 신이고, 왕이며, 주인공이다. 또한 누구도 특별하지도 않고, 누구도 비천하지도 않다. 지금의 신분이라는 것은 어차피 수 억겁을 살아가는 동안 거쳐 갈 역할의 하나에 불과할 따름이다. 따라서 특별히 열등의식을 갖거나 자신을 특별히 우월하다고 생각해서도 안 된다. 인간은 어차피 신성에 속하고 신성으로 귀일되는 존재들이기 때문이다.

'아! 그래서 우리 조상님들은 탁월한 능력을 가지고 계셨으면서도 남의 위에 군림하는 것을 즐기지 않으셨군.'

그래서 널리 세상을 이롭게 한다는 홍익인간(弘益人間), 세상에 있으면서 다스려 교화시킨다는 재세이화(在世理化), 도로써 세상을 다스린다는 이도여치(以道與

治), 밝은 빛으로 세상을 다스린다는 광명이세(光明理世)의 가르침을 내리셨던 것이다.

전생에서 강권은 어른들의 이런 가르침에 반기를 들어 천살문의 교리에 심취했던 기억이 있었다.

한참 상념에 잠겨 있던 강권은 마침내 찾고자 했던, 마음을 둘 이상으로 나누어 생각할 수 있는 마음을 다스리는 구절을 찾을 수 있었다.

"됐다. 이것으로 해방이다."

강권이 불행 끝 행복 시작이라는 심정으로 기뻐 소리치자 해와 달은 투덜거리고 있었다.

—쳇!

—치!

진정한 선도의 경지와는 아직 인연이 닿지 않았던지 강권은 자신이 찾고자 하는 구절에 빠져 선인의 가르침을 깨달음으로 연결시키지 못했다. 이 또한 카르마의 굴레일 따름이리라.

*백두산 폭발:1990년 일본에 유학을 가서 지질학을 공부하던 S 모 씨는 일본의 북부 아오모리의 400여 미터의 산정호수 부근에서 놀라운 퇴적층을 발견했다. 화산재층이었다.

그것을 계기로 연구한 끝에 퇴적층의 두께로 추산한 마그마의 분출량이 무려 100평방 세제곱 센티미터였다. 그것은 이탈리아 베수비오스 화산 폭발의 50배 규모에 달하는 엄청난 것이었다.

이 화산 폭발이 원인이 되어 해동성국으로 불리던 발해가 멸망했으리라는 것이 최근에 제기되고 있다.

그리고 백두산 폭발 이전의 백두산의 높이는 3,500m가 넘었으리라고 추정되어진다.

**산경십서(算經十書):조선시대의 수학에 관한 10가지 책을 가리키는 말이다. 그 산경십서에는 '주비산경', '구장산술', '해도산경', '손자산경', '오경산술', '오조산경', '수술기유', '장구건산경', '하후양산경', '집고산경' 등이 포함되어 있다.

***환인시대와 환웅시대:환인시대와 환웅시대는 재야 사학자들의 노력에 서서히 밝혀지고 있는 단군 조선 이전에 우리 선조들의 자취들이다. 재야 사학자들에 의하면 환인시대는 안파견(安把堅) 님을 시작으로 B.C 7197~B.C 3897년까지 3301년간 존재했고, 환웅시대는 BC 3897년~BC 2333년 18대 1565년간 존재했다고 한다.

필자는 이것을 진실이라고 우기고 싶지 않다. 그렇지만 이것이 진실이든 아니든 배달겨레의 후손으로 태어난 우리이기에 한 번쯤 알아볼 필요가 있다는 생각이다. 자세한 것은 사이트 '우리 역사의 비밀'에 있다.

제8장
최강권, 크게 한판 벌이다

"서원명의 전생을 읽으며 보았던 지역이 어디지? 천지(天池)에 붙어 있었는데……."

이계의 통로로 사용될 진을 설치한 후 다음 강권은 본격적으로 윤미르가 실족해서 발견했던 곳을 찾았다.

하지만 윤미르가 실족한 곳과 비슷한 지형을 찾는데 실패했다.

윤미르가 살던 때는 지금의 거의 200년 후 미래여서 또다시 지형이 변해서 그런 것 같았다.

─주인아, 왜 그리 멍청하지? 탐색 마법을 쓰면 간단하잖아?

"뭐? 이봐 달. 나는 네 주인이라고. 그런데 멍청하다고? 어떻게 그렇게 버릇없는 말을 쓸 수 있지?"

—주인님, 주인님께선 전혀 생각이 없으십니다. 달이 한 말처럼 탐색 마법으로도 그곳을 찾을 수 있지만 원소 '미르'가 있는 곳을 찾는 것이라면 주인님께선 땅의 정령 '노옴'을 부리실 수 있으시니 '노옴'에게 부탁하면 금방 찾을 수 있다는 것을 전혀 생각지 못하십니다.

강권은 달보다 한 수 더 뜨는 해의 작태(?)에 할 말을 잃었다.

물론 자기가 미처 생각하지 못한 것을 달과 해가 생각했다는 것에 더 어안이 벙벙한 상태였다.

'어떻게 그럴 수 있지?'

강권은 자기 머리가 누구에게도 뒤지지 않다고 자부하고 있었는데 해와 달이 자기가 생각지 못한 것을 생각해 낸 것에 상당히 충격을 먹은 상태였다. 그런데 그런 강권을 위로해 주는 존재는 해와 달이었다.

—주인아, 너무 충격 먹지 마. 나, 달의 프로토타입은 바로 주인이라고. 정확히 말하면 나는 주인의 두뇌를 카피한 거나 다름없어. 그러니까 주인은 그런 열등의식을 가질 필요가 전혀 없단 말이야.

—달의 말이 맞습니다, 주인님. 달이 말처럼 나와 달은 주인님의 두뇌를 프로토타입으로 해서 카피된 존재들

이랍니다. 생각하는 능력에선 거의 차이가 없다는 말이지요. 그렇지만 주인님과 저희들과는 약간 다른 점도 존재합니다. 이를테면 나와 달과 같은 에고는 가장 효율적인 사고를 하게 설계되어 있지만 주인님께선 주관적으로 사고를 하신다는 것입니다. 이럴 때 보통 인간들은 인간적이라는 말을 쓰더군요.

—해의 말이 맞아. 주인은 전혀 멍청하지 않다. 내가 멍청하다고 한 말은 그저 관용적으로 쓰는 표현일 뿐이야. 잘 알고 있잖아. 주인님과 우리 사고의 같은 점과 다른 점을 지적하는 해의 말이 기왕 나왔으니 나도 한 가지 보충해서 말해 줄게. 지금 겉으로는 주인의 두뇌가 윤미르가 미래에 실족할 장소를 찾고 있는 것처럼 보이겠지만 사실은 그 한 가지만 국한해서 생각하고 있지는 않고 있어. 마누라, 죄송. 노경옥 님 생각, 예리나 님 생각, 서원명이 생각, 씨크릿 팀원들 생각 등등 오지랖 넓게도 적어도 십여 가지 이상의 생각들을 하고 있어. 그렇지만 우리들은 지금 당면한 문제인 윤미르가 실족할 장소만을 찾겠다는 생각뿐이지. 그 차이일 뿐이야. 그러니까 너무 열등의식을 갖지 말라고.

강권이 청산유수처럼 말하는 해와 달의 말에 넋을 잃고 있으려니 이번에는 달이 또 말을 덧붙였다.

—주인님. 인간의 세포 하나는 어지간한 중형 컴퓨터 한 대 정도와 맞먹는 능력을 가졌다는 말은 들어 보셨지요? 그런데 주인님의 두뇌에는 그런 세포가 200억 개나 있습니다. 다른 사람들보다 훨씬 많은 세포를 갖고 있는 셈이지요. 주인님의 두뇌는 울트라 슈퍼컴퓨터와 같다는 것입니다. 그렇게 따지면 주인님의 두뇌를 프로토타입으로 카피한 저와 달이 역시 울트라 슈퍼컴과 같은 용량을 가졌다고 보시면 됩니다. 그러니 전혀 열등의식을 가지실 필요가 없는 거구요.

해와 달의 말에서 강권은 문득 생각나는 것이 있었다.

그것은 명상의 유용성이었다. 인간의 두뇌는 자기도 모르는 사이에 자기 의사에 반해서 집중을 하지 못하고 있다. 한마디로 능력을 엉뚱한 곳에 쓰면서 사장시키고 있는 셈이다. 그 사장되는 능력을 제대로 쓸 수 있는 하나의 방법이 명상이라고 할 수 있다.

또한 해와 달의 말대로라면 강권은 초강력 슈퍼컴 두 대를 갖고 다니는 셈이 된다. 해와 달을 얻은 것은 한마디로 기연이라고 할 수밖에 없는 것이다.

"알았어. 참, 너희들도 마법을 쓸 수 있다고 했지? 어디 탐색 마법으로 그곳을 찾아봐."

—알았다. 주인아.

―주인님, 알았습니다.

달은 이상하게 존댓말을 쓰라고 하는데도 끝끝내 반말로 일관하고 있었다. 반면에 해는 항상 존댓말을 썼다.

그런데 달이의 이상한 점은 여자들에게는 존댓말을 쓴다는 것이다. 노경옥 님이니 예리나 님이니 했으면서 서원명에게는 '님' 자를 붙이지 않는 것이 단적인 예였다.

'달이 저 녀석 수컷인가? 짜식, 밝히기는…….'

강권이 내심 달이의 흉을 보는 순간 해와 달은 탐색 마법을 시전하고 있었다. 그리고 해와 달은 윤미르가 실족할 장소를 금방 찾아낸 것으로 자신들의 능력을 증명했다.

"하하, 제법인데."

―주인아, 겨우 그 정도로 날 평가하는 거야. 그건 나를 두 번 죽이는 거라고.

―주인님, 이런 정도는 아무것도 아니라는 의미입니다. 달이는 주인님을 위해서 원소 '미르'를 한데 모아 줄 수도 있다고 합니다.

―어, 언제, 내가 언제 그랬냐고?

―그럼, 그럴 능력이 없다는 말이야?

―그, 그건 아니지만.

달이는 해의 교묘한 유도에 꼼짝없이 시키지도 않는 일을 해야 했다. 해는 강권의 심장에 더 가까워서 그런지는 몰라도 모든 일의 기준을 강권의 만족에 맞추는 것 같았다.

해 때문에 꼼짝없이 원소 '미르'를 모으게 된 달은 벡터 함수라는 현대 수학을 첨가한 조건식으로 만든 새로운 마법 수식을 사용한 첨단 마법을 선보였다.

'어소트'라는 선별 마법에 '어매스'라는 집적 마법을 통합해서 하나의 새로운 마법을 창조한 것이다.

―와! 대단하다. 달이 너 최고다.

―어! 그걸 이제야 안 거야? 그나저나 나 졸려서 좀 자야 되겠어. 나머지는 네가 알아서 해. 알았지?

달은 원소 '미르'를 모으는 게 힘에 겨웠는지 그대로 잠이 들었다.

달이 이처럼 잠에 떨어진 것은 물론 마나를 너무 많이 소비한 결과였다. 이런 현상은 드래곤이 수면에 빠져서 항상 몸을 최적의 상태로 만드는 것과 유사한 것이었다.

'후후, 이런 방법도 있었구나.'

강권은 이렇게 달이의 무례함에 벌주는 방법을 또 하나 체득하게 되었다.

❖ ❖ ❖

"뭐야? 아홉 명이서 하나를 놓쳤다고? 그게 천하의 MSS 요원으로서 할 수 있는 말이야?"

"죄송합니다, 지부장님."

"죄송한 것으로 끝날 일이 아니니까, 무슨 일이 있어도 그자의 종적을 찾아내도록. 그렇지 않으면 다 옷 벗을 각오를 하는 게 좋을 거야."

"예. 알겠습니다. 지부장님. 무슨 일이 있어도 그자의 종적을 밝혀내도록 하겠습니다."

고대로를 비롯한 아홉 명의 MSS 요원들은 자신들의 실수를 만회하려는 마음은 있지만 어떻게 만회해야 할지 막막했다. 첩보원이라는 직업의 특성은 다른 직업에 적응을 하기가 힘들었다.

더구나 첩보원에서 잘린다는 것은 중국이라는 특수한 환경과 맞물려 그들을 벼랑으로 내몰고 있었다.

"휴우, 어떻게 하나?"

"어떻게 하긴? 어떻게든 그자의 종적을 다시 찾아내야지. 그렇지 않으면 우리의 인생은 이걸로 종치는 거라고."

고대로는 동료들의 얘기를 들으며 차라리 이 기회에

옷을 벗고 한국에 취업하러 가는 게 어떨까 하는 생각을 했다.

건강하니 공사장에 막일꾼으로 일하더라도 한국에서 벌면 몸은 고달프더라도 지금 받는 봉급보다 훨씬 많이 벌 수 있을 것이다.

고대로는 다른 동료들과는 달리 한국에서 근무할 때 암암리에 공사장에서 일하는 중국인들의 상황을 알아두었기 때문에 그들처럼 극단적인 생각은 갖지 않았다.

중국은 점점 자본주의로 변해 갈 것이며 한국처럼 황금만능주의로 바뀌어 갈 것이다. 그럼 돈이 최고로 될 날도 얼마 남지 않을 것이다.

한국에 가서 일하면 보통 150∼200만 원 정도를 벌지만 머리만 잘 쓰면 배 이상도 벌 수 있을 것 같았다. 그 정도만 해도 대학 교수의 3∼4배 정도로 버는데 배 이상이면 7배, 8배다.

그렇게 몇 년 벌어서 땅이나 건물을 구입하면 노후에는 연금을 받는 것보다 훨씬 더 안락한 생활을 누릴 수 있을 것이다.

중국의 성장 과정은 한국의 그것과 유사하기에 경제가 발전하면 할수록 부동산의 가치는 더 커질 것이다.

'차라리 이 기회에 그래 버릴까?'

고대로는 생각할수록 점점 더 자기 생각에 빠져들었다.

그런데 이런 고대로의 생각은 더 이상 지속될 수 없었다.

그자가 호텔에 돌아와서 내몽고 지방으로 가려 한다는 첩보가 들어왔기 때문이다.

"자! 가 보자고."

"알았어. 이번에는 그렇게 당하지 않겠지?"

"정 뒤를 밟을 수 없게 되면 이번에는 총으로 쏴 버리자고. 그깟 한국인 한 명 죽였다고 크게 질책을 받을 일도 아니잖아."

"양가위 말이 맞는 것 같아. 그자의 종적을 놓치는 것보다 차라리 죽여 버리는 게 더 나을 것이야."

고대로는 동료들의 말에 공감을 하지 않았지만 그렇다고 부정을 하고 싶지도 않았다. 한국이라는 나라는 이상하게 자국민의 보호에 그다지 신경을 쓰는 것 같지 않았다.

국제 사회에서 그 정도의 지위에 있으면 자국민의 보호에 좀 더 신경을 쓸 수 있을 여력이 될 텐데도 자국민 보호에 그다지 열의가 없었다.

자기들 목숨이야 자기들이 알아서 지키는 것이니 죽으면 죽고 살면 산다는 식이었다.

매년 1,000만 명이 넘는 자국민이 외국으로 나가고 700만 명이 넘는 거류민이 있는데 그들을 구하기 위한 예산이 년 5,000만원이라면 더 이상 말할 필요도 없다.

고대로는 최강권이라는 그자가 백두산에 간 것은 이해를 하는데 내몽고 지방에 가는 것은 도무지 이해가 가지 않았다.

'왜? 내몽고 지방으로 갈까? 거긴 관광지도 아니잖아?'

동료들의 뒤를 따르는 고대로의 뇌리에 이런 의문이 스쳐 지나갔다.

MSS 요원들의 걱정과는 달리 최강권은 이번에는 전혀 다른 곳으로 새지 않았다. 물론 그럴 필요가 전혀 없었기 때문이다.

강권은 한세에서 파견 근무 나온 조성기에게 몽골의 금광 지대로 가자고 했다. 조성기는 강권의 부탁에 정색을 하며 말했다.

몽골의 최대 금광 지대는 이른바 GOLD LOAD라는 지역이라고 했다. 그러면서 걱정스러운 얼굴로 말을 덧붙였다.

"어르신, 몽골의 금광 지대는 매우 위험한 곳입니다. 만약에 어르신의 신상에 조금이라도 이상이 있으면 저는 그길로 끝장입니다."

"조성기 씨, 내가 위험한 일은 없을 거요. 어떻게 안 되겠소?"

"휴우, 하는 수 없지요. 어르신, 몽골에서는 되는 일도 안 되는 일도 없다는 말이 있습니다. 금광을 견학하는 일도 최고위층의 협력을 얻어야 가능합니다."

강권은 조성기의 말에 몽골이 어떤 상황이라는 것을 알 수 있었다. 결국 금광 지대를 견학하기 위해서는 한세 그룹의 이름을 빌릴 필요가 있다는 말이었다.

"알겠습니다. 그럼 일단 울란바타르로 가 봅시다."

"예. 알겠습니다. 어르신."

강권은 울란바타르에 도착하자 곧장 김철호에게 전화를 했다.

"이봐, 김철호. 내 자네에게 부탁할 일이 있네."

"어르신, 부탁이라니요? 말씀만 하십시오. 무슨 명령이라도 기꺼이 이행하겠습니다."

"하하하, 자네에게 부탁할 일은 몽골의 실력자에게 내가 몽골 금광을 견학하게 청탁을 넣어 달라는 것이네. 어때 가능하겠지?"

김철호는 잠깐 생각을 하다 말했다.

"어르신, 어쩌면 가능할 것 같기도 합니다. 얼마 전 대통령께서 몽골에 국빈으로 방문하신 적이 있습니다. 그때 몽골의 대통령이 경협을 요청한 적이 있었습니다. 그게 인연이 되어 지금 우리 한세에서 실무팀이 가 있거든요. 팀장에게 연락을 해 보겠으니 잠깐만 기다려 주십시오."

"알겠네."

강권이 잠깐 휴식을 취하고 있는데 김철호에게서 다시 전화가 왔다.

"내일 몽골 대통령과 면담 일정을 잡았습니다."

"정말인가? 대통령과 면담 일정을 잡았으면 반대급부도 있을 게 아닌가? 그게 뭔가?"

강권의 말에 김철호는 약간 망설이는 것 같더니 어쩔 수 없다는 듯 한숨을 내쉬며 말했다.

"휴, 어르신께 부담을 드리는 것은 아니니 마음을 쓰지 마시고 들어주십시오. 우리 한세에서 1억 달러를 투자하면 대통령과 면담을 하게 해 주겠다고 합니다. 그래서 투자를 약속했습니다."

"그래? 1억 달러를 투자한다는 것은 한세로서도 그리 쉬운 일이 아닐 텐데 괜찮겠나?"

"예. 어르신, 약간 무리가 가기는 하지만 크게 어려운 일도 아닙니다. 어차피 우리 한세에서 몽골의 희토류 광산에 투자를 하기로 결정을 하고 있었거든요."

"그래? 알겠네. 그럼 금광뿐만 아니라 희토류 광산도 돌아보게 해 주면 좋겠네."

"예. 어르신 그쪽 실무팀장에게 지시해 놓겠습니다. 그리고 몽골의 사정에 관해서 지금 당장 호텔로 팩스 넣어드릴 테니까 참고하시기 바랍니다."

"고맙네."

김철호가 보내온 팩스 자료는 B4 용지로 100여 장에 달할 정도로 엄청 방대했다. 몽골의 실력자로부터 산업, 자원, 풍습에 이르기까지 그것을 보면 몽골에 대한 전문가가 될 수 있을 것 같았다.

아마도 이 자료는 한세가 몽골에 투자를 결정하기 위해서 엄청 공을 들여서 수집한 자료일 것이고 극비 서류일 것이다.

강권은 김철호의 이런 마음 씀씀이가 고마워서 그에 대한 보답을 해 주기로 했다.

몽골 대통령 차히야는 63년생이지만 이른 63년생이어서 우리나라로 따지면 81학번이었다. 서원명, 이경복, 최창하, 강석천이 모두 81학번인 것을 보면 강권은 아무래도 81학번들과는 커다란 인연이 있는 것 같았다.

강권은 차히야 대통령과 면담을 할 때 몽골어로 면담을 하기로 결정을 하고 실무팀에 있는 몽골어 사전을 호텔에 갖고 오게 해서 깡그리 외웠다.

한 번 보면 깡그리 외울 수 있고 보통 사람들의 수십 배에 달하는 속독 능력을 갖고 있어서 몽골어 사전을 외우는 것은 크게 어려운 점은 없었다.

거기에 해의 도움도 강권에게 큰 힘이 되었다.

"최강권이라고 했나? 나이도 젊은데 어떻게 몽골인인 나보다 더 몽골에 대해서 잘 알고 있는가?"

"하하하, 친구가 되려면 그만큼 친구에 대해서 잘 알아야 하지 않겠습니까? 기왕 경협(經協)을 하기로 작정했으니 친구로서 서로에게 도움이 되었으면 하는 마음에서 열심히 공부했습니다."

"하하하, 정말 마음에 드네. 나는 몽골의 대통령으로 자네에게 명예 몽골 국적을 부여하겠네. 또한 앞으로 자네와 친구가 될 것이니 어려운 일이 있으면 친구에게 부탁을 하도록 하게."

몽골 대통령 차히야는 강권에게 감탄을 했는지 비서실장을 불러 VVIP용 명함을 가져오게 했다. 잠시 후에 비서실장이 가져온 대통령 차히야의 명함은 순금 1냥으로 만든 순금 명함이었다.

이 명함은 국빈으로 방문한 이무영 대통령도 받지 못한 명함이었다. 말 그대로 VVIP용인 셈이다.

강권은 금을 도둑질하러 온 입장이어서 은근히 찔리는 구석이 있었지만 나중에 그 이상으로 돌려주겠다는 생각으로 차히야의 호의를 받아들였다.

대통령 차히야의 순금 명함은 몽골에서는 거의 무소불위의 힘을 가져서 GOLD LOAD는 물론이고 희토류 광산도 프리패스였다.

'역시 인맥이 최고란 말이야. 그나저나 차히야에게 신세를 졌으니 반드시 그 신세를 갚아야겠군.'

강권의 이런 마음은 진심이었다.

전생에도 그렇고 지금도 그렇지만 강권은 은혜를 입으면 최소한 그 배로 갚아야 직성이 풀렸다. 그런데 단순히 은혜를 입은 것만이 아니라 몽골에서 거액의 자원을 도둑질하려는 것이니 최소한 서너 배는 갚아 줘야 강권의 마음이 편할 것이다.

금을 도둑질하려는 과정은 순탄하게 풀렸는데 정작 도둑질하는 것은 쉽지 않았다. 친구인 나라인 몽골에 피해를 입히지 않게 배려하려고 한 까닭이었다.

'어휴, 이래서 안면이 무섭다니까?'

강권이 중국에 올 때 잡은 목표는 일차적으로 순금 100t 정도를 빌리려는(?) 것이었는데 이것저것 생각하다 보니 하루에 겨우 100kg 정도를 캐고 있었다.

만약 이런 속도로 금을 캐서 목표를 달성하려면 거의 3년 동안 몽골에 있어야 한다는 결론이었다. 강권의 입장에서는 도저히 그럴 수 없었다.

'무슨 방법이 없나?'

한참을 고민하던 끝에 우연히 일본 기업이 투자하고 있는 금광회사가 보이자 눈이 번쩍 뜨였다.

'전범 기업인 미쓰비시가 투자한 회사란 말이지? 그런 회사를 벗겨 먹는다면 나도 전혀 부담이 없지.'

몽골의 GOLD LOAD의 커다란 금광들은 대부분 노천광이었다.

땅을 몇 삽만 파면 금이 나온다고 할 정도로 매장량이 풍부했다. 그런데 지금 강권은 몽골에 큰 피해를 입히지 않기 위해서 '노옴'에게 지하 깊은 곳에서 금을 캐라고 하고 있었다.

지하 깊은 곳에서 캐면 그만큼 마나의 소모가 커서 캘 수 있는 양도 그만큼 적었다. 또한 지표면 가까운 곳에서 금을 캐내는 것은 해와 달의 마법으로도 충분했으니 그 차이는 명백했다.

이렇게 획기적인 계기가 만들어지자 금 100t은 순식간에 만들어졌다. 그 금들을 옮기는 것은 토시인 '별'의 능력으로 순식간에 이루어졌다.

'이 정도면 그룹 환의 기초 자금은 마련된 건가?'

기초 자금이 마련된 것이 아니라 몇 번을 뒤집어쓰고도 남을 금액이었다.

사실 그룹 환은 공장 시설만 지으면 됐지 연구비가 필요 없어서 기초 자금도 크게 필요 없었다. 게다가 말이 금 100t이지, 금 100t이면 대략 7조원에 가까운 거금이었다.

강권의 이런 생각에 달이 제동을 걸고 나섰다.

―주인은 멍청할 뿐만 아니라 도무지 세상 물정도 모르는 것 같아.

"야, 이 버릇없는 놈아. 너 언제 깨어났어?"

―방금 깨어났다. 이 주인 놈아.

"너 정말 영원히 잠들고 싶어? 그러고 싶어서 환장하겠지?"

―……

달은 강권의 협박이 단순히 협박으로 그칠 것 같지 않자 이번에는 묵비권을 행사하여 강권의 성질을 돋우었다.

강권이 다시 벌컥 화를 내려 하자 이번에는 해가 나서

서 강권을 달랬다.

—주인님. 달이란 놈이 버릇이 없긴 하지만 달이의 말이 크게 틀리지 않은 것 같습니다.

"뭐라고? 이번에는 너도 달이의 편을 들겠다는 거냐?"

"아닙니다, 주인님. 제가 어찌 감히 그러겠습니까? 다만 주인님이 생각하시는 목표를 생각하신다면 좀 더 효과적인 투자가 필요할 것 같아 드리는 말씀입니다.

"좀 더 효과적인 투자라면 뭘 말하는 거지?"

—주인님께서는 주인님의 조국인 대한민국을 세계 최고의 강대국으로 만들고 그것을 오래 지속시키는 것 아닙니까?

"맞아. 그래서 어떻게 하겠다는 거야?"

해는 강권의 화가 많이 누그러진 것처럼 느껴지자 차분하게 자기의 의견을 제시했다.

—국가의 백년지대계는 교육이라는 말이 있습니다. 그런데 대한민국은 교육열은 높지만 정작 교육의 질은 떨어지는 것 같습니다.

"……."

—제 말은 주인님께서 만들려는 그룹 환은 기존 중소기업의 시설로도 충분히 가능한 것이 많습니다. 따라서 심각한 경영난에 봉착해 있는 중소기업들을 흡수하시면 1

조 원 정도만 투자해도 주인님께서 생각하고 계시는 정도의 규모는 될 것이란 말입니다. 그리고 또 몽골에 1억 달러를 투자하셔야 하니까 다시 1,000억 원 정도가 들 것입니다.

"그래도 나머지는 대략 6조원이다. 그걸로 뭘 하자고?"

―제 생각에는 대학교를 설립하셔서 교육에 투자하시는 게 좋겠다는 생각입니다. 원래 주인님께서 구상하고 계시는 대학교는 학비를 전혀 받지 않는 대학교 아닙니까?

"맞아. 19C의 미국의 교육가인 부커 T 워싱턴이란 양반은 학비를 받는 대신에 학생들이 스스로 벌어서 충당하도록 했어. 내가 생각하고 있는 대학도 그런 것이고 말이야."

―그렇다면 주인님이 세우시려는 기업 그룹 환과 연계해서 생각해 보면 답이 나올 것 같은데요.

강권은 해의 의견에 타당성이 있다는 결론을 내리고 그렇게 하기로 했다.

그런데 강권에게 공돈이 생기면 잊지 않고 찾아오는 인물이 있었다. 이번에는 오지 않는가 싶었는데 밤이 되니까 나타났다.

"할아버지. 이번에는 무슨 일로 오신 것입니까?"

—하하하, 너도 뻔히 알면서 묻는구나. 그렇게 능글맞은 것이 꼭 좋은 것만은 아니니라.

"그래서 저 보고 어떻게 하라고요?"

—어떻게 하기는 불로소득의 10분지 1은 헐벗고 가난한 사람들에게 투자를 해야 하는 것이 아니겠냐? 7,000억 원 정도를 티베트나 이곳 몽골에 학교를 세우면 한국에 투자를 하는 것의 수십 배나 많은 사람들이 혜택을 볼 게 아니겠느냐? 덩달아서 많은 사람들의 미래가 밝아질 것이고 말이다.

할아버지는 강권의 눈치를 보다 한마디 덧붙였다.

—그렇게 하면 네 아들 최강경이는 한국의 지도자에서 세계의 지도자가 될 수 있을 거다. 부모로서 자식을 위해서는 그 정도 해야 하지 않겠느냐? 부모라면 말이다.

할아버지는 그렇게 말하고는 홀연히 사라져 버렸다.

"이런 젠장, 할아버지는 어떻게 내가 공돈 좀 생겼다 하면 꼭 꿈에 나타나셔서 돈을 뜯어 가시려고 하실까? 그렇다고 자식을 위한다는데 투자를 하지 않을 수도 없고 말이야."

결국 강권은 강경재단을 통해 7,000억 원을 제3세계 교육을 위해 쓰기로 했다.

　이렇게 태어나기는 커녕 잉태하지도 않은 강경이는 무려 8,000억 원이 넘는 엄청난 금액을 기부하는 초유의 장본인이 되려는 순간이었다.

제9장
상상할 수 없을 정도로 내지르다

과거에 프로야구 홈런왕 출신의 교수로 유명한 충북 음성의 ○○대학교의 교정에 연방 시끄러운 소리를 지르며 뛰어가는 학생이 있었다.

　"야, 애들아! 빅뉴스야, 빅뉴스."

　"재식아, 또 뭐야? 재식이 니 말은 항상 뻥이니까 빅뉴스라면 이번에는 그럭저럭 들을 만하다는 정도겠지."

　"아니야, 동호야. 이번엔 정말이야. 들으면 뒤로 나자빠질 걸. 다들 놀랄 준비됐지? 그럼 얘기한다. 들어봐."

　"웃기고 있네. 이번에도 뻥이면 니 별명은 앞으로 ○○뽕이다. 그래도 좋다면 그럼 얘기해 봐."

호텔경영학과 3학년에 재학 중인 강재식은 나름 유명한 과자 OO뽕으로 별명을 붙이려는 학우를 보며 침을 꿀꺽 삼켰다.

평소 약간의 과장으로 친구들에게 신뢰를 잃고 있는 재식이었기에 사뭇 긴장을 하고 있는 것 같았다.

'하지만 이번에는 정말로 사실이란 말이야.'

이번에는 뻥이 아니란 확신을 갖고 있었다.

자신이 형에게 들었던 말을 다시 한 번 정리하고 자신 있게 급우들에게 토해 내기 시작했다.

그러니까로 시작한 강재식의 말은 엄청 놀라운 것이었다.

그룹 환에서 자신들이 다니고 있는 OO대학교를 1조에 사들였다는 것이었다. 그런데 환에서는 1조의 초기 투자 외에도 10년에 걸쳐 총 10조원을 투자하는 것은 물론이고, 그 후로도 계속 투자를 해서 세계 최고의 대학교로 만들겠다고 했다는 것이다.

더 놀라운 것은 가칭 민족대학교 환이라고 명명된 이 대학교에서는 등록금을 전혀 받지 않겠다는 것이었다.

이 말도 안 되는 말을 지껄이고 있는 강재식의 말에 솔 깃해서 듣고 있던 산업디자인학과에 다니고 있는 차길수는 이내 역시나 하는 표정으로 강재식의 말에 제동을 걸었다.

"뭐야? 그룹 환(桓)? 우리나라에 그런 그룹이 있었나?"

"그래. 이번에 새로 만들어지는 회사래. 참, 미림은 알고 있겠지?

"차세대 IT기업의 리더로 꼽히는 그 IT기업 미림 말이야?"

"맞아. 그 미림의 CEO인 김미진 대표가 그룹 환의 지분 10%를 갖고 있다고 하더라고."

강재식은 자신 있게 설명을 했지만 그의 얘기를 듣는 학생들은 그의 말에 냉소를 지었다.

"야! 강재식, 그게 말이 된다고 생각해?"

"야! 박천수. 왜, 그게 말이 안 돼?"

"이 똘팍아! 너도 머리가 있으면 생각을 해 봐. 대학교가 얼마나 남는다고 기업을 하는 놈들이 10년 동안에 총 11조원을 투자하겠느냐고? 그리고 등록금을 안 받아? 너지금 그게 말이 된다고 생각하고 지껄이고 있는 거야?"

"나도 천수 말이 맞다고 생각해. 이것은 자선사업을하는 것도 아니고 어느 골 빈 기업가가 10년에 걸쳐 총11조를 투자하고도 어떻게 한 푼도 받지 않고 학생들을가르치겠냐고? 얼어 죽을 민족정신이 투철해서? 천만에 이건 필시 뭔 수작을 부리는 거라고?"

동료 학생들에게 면박을 당하고 있는 강재식은 그룹 환의 CEO와 직접 인터뷰를 했다는 기자인 형 강길식의 말에 그제야 의문을 갖기 시작했다.

조중동으로 대표되는 굴지의 신문사에 합격하고도 겨우 말석을 차지하는 ○○○신문사에 취직한 형이기에 더욱 신뢰를 가졌었는데 그게 비수가 될 줄이야.

강재식은 앞으로 ○○뽕이라고 불리게 될 암울한 자신의 미래에 절로 한숨이 나왔다.

그런데 그때 구세주가 나타났다. ○○대학교의 퀸이자 ○○대학교 학생들의 우상인 산업디자인학과에 재학 중인 조미령이 강재식의 말에 힘을 실어 준 것이다.

"재식이 형, 그 말을 어디서 들었어?"

"으응, 그게 저어……."

"재식이 형도 나름 정통한 소식통이 있나 봐. 그거 아직 발표를 하지 않았을 텐데 어떻게 들었어?"

"미, 미령아, 그 말은……."

"우리 오빠가 미림의 기획실에 근무를 하고 있잖아. 내가 직접 두 눈으로 봐서 아는데 재식이 형이 말한 것은 미림의 기획실에서 며칠 동안 야근을 하면서 구체적인 청사진을 짠 거야. 나도 도저히 말이 안 되는 것 같아서 오빠에게 뺑 치지 말라고 했었어. 그런데…….”

“그런데 뭐?”

조미령이 뜸을 들이는 것 같아 듣고 있던 박천수가 재촉을 하고 나섰다.

“오빠가 기안 서류를 직접 보여 줘서 눈으로 확인을 했는데 전부 사실이지 뭐야. 그룹 환에서는 앞으로 첨단 산업에서 세계의 돈을 쓸어 모아 사회 환원 차원에서 그중 일부를 교육에 투자하겠다고 하더라고.”

“세계의 돈을 아무리 쓸어 모아도 그게 가능할까? 대학교에 투자하는 건 일반적으로 투자금의 회수가 그만큼 더디잖아. 그런데 돈 많은 개인도 아니고 사업을 하는 회사에서 무려 11조씩이나 투자를 하는 게 가능할까?”

“맞아. 11년에 11조를 투자한다는 것은 1년에 1조씩을 투자한다는 것 아니겠어? 그런데 자금 회수가 안 된다는 것은 마치 밑 빠진 독에 물 붓는 상황일 텐데 우리나라에서 제일 큰 기업인 오성 그룹도 그런 정도의 대규모의 투자는 힘들지 않을까?”

“그렇게 생각할 수도 있겠지. 하지만 전부 사실이라고 미림의 사장이 그렇게 말했대. 이 얘기는 그룹 환에서 조만간 정식으로 창업을 하고 발표를 할 사안들인데 워낙 충격적이다 보니 이미 소문이 다 났다고 하더라고."

"허어, 거 참! 미령아, 정말 이 거짓말 믿어도 되는 거지?"

조미령은 자신의 말을 거짓말로 여기는 것 같은 동아리 선배를 곱게 흘겨 주고는 말했다.

"선배, 그룹 환에서 왜 충청도 산골짜기에 있는 우리 학교를 6,700억이나 들여서 구입한 줄 알아?"

"그야 모르지."

"그룹 환에서 어지간한 도시 규모의 대학교를 만들겠다고 여러 지자체장들과 이야기를 했는데 가장 호응이 좋았던 군수가 바로 음성 군수였대. 그래서 음성 군수와 투자에 대한 M.O.U를 체결한 것은 물론이고 그룹 환의 연구실 부지와 학교용 부지를 매입하는데 3,300억 원이 들었다는 거야. 그 결과로 1조원이 투자되었다는 말이 나온 거야."

"정말?"

"하! 이 선배는 왕서방 빤스를 입었나 왜 사람 말을 그렇게 못 믿어? 아무튼 내가 알기로는 강재식 선배의 말은 100%로 사실이야."

조미령의 단언에도 불구하고 학생들은 여전히 둘의 말을 믿을 수 없었다.

학생들이 믿지 못하는 것은 왕서방 빤스를 입어서가 아니고 도무지 이해할 수 없었기 때문이다.

대한민국의 모든 대학들이 등록금을 한 푼이라도 올려 받으려고 하는 판국에 어떻게 한 푼도 받지 않고 전액 무상으로 대학 교육을 시키겠단 말인가?

"그것뿐인 줄 알아? 세계의 유수한 석학들이 이미 교수로 오기로 얘기가 되었다는 거야. 믿거나 말거나이겠지만 그 교수들의 노벨상을 합하면 20개가 넘는데."

"거짓말. 생각을 해 봐. 뭐, 미쳤다고 그런 교수들이 이런 깡촌에 있는 대학에 오겠냐?"

"거짓말이 아니래. 다음 학기에 우리 산업디자인학과의 교수로 올 분도 영국의 왕립 예술학교와 미국의 로드 아일랜드 디자인 스쿨, 그리고 이탈리아의 도무스 아카데미에서 각각 세 분씩 오신다고 하던데?"

"……."

이쯤 되면 이 대학교를 인수한 사람은 제정신이 아니거나 정말 민족의 장래를 위해서 모든 것을 건 애국자임에 틀림없었다.

'그건 그런다고 쳐. 그런데 그 많은 돈을 어디서 충당하지?'

조미령의 말에 듣고 있는 학생들의 뇌리에는 이런 의

문이 생겼다.

　1조라고 해도 평생 가야 그 정도의 돈을 벌기는 커녕 볼 수 있는 사람도 드물 것이다. 그런데 1조도 아니고 11조나 되는 돈을 투자하겠다니 어디 제정신이 박힌 사람일 것인가?

　이어지는 조미령의 말은 더 충격적이었다.

　민족대학 환에 입학하면 전액 무상인 대신에 무조건 사회 봉사 시간이 3,500시간이 넘어야 수료가 가능하고, 1년에 사회 봉사 시간이 500시간이 넘지 않으면 무조건 퇴학이라고 했다.

　또한 전액 무상인 이유는 자기가 벌어서 다니는 게 이유라고 했다.

　등록금이 한두 푼이 아니고 학생들이 먹고 자는데 들어갈 숙식비도 장난이 아닐 텐데 어떻게 그게 가능할 수가 있단 말인가?

　그런데 그 말도 안 되는 사건이 정식으로 매스컴을 타고 국내는 물론이고 전 세계를 경악으로 몰아넣기 시작했다.

❖　❖　❖

―시청자 여러분. 공기로 가는 자동차, 어떠한 사고에서도 승차한 사람들이 조금도 다치지 않는 자동차, 육상으로도, 해상으로도 심지어는 공중으로 갈 수도 있는 자동차, 그런 꿈의 자동차가 실제로 가능하다고 생각하십니까? 그런데 그 상상 속에서나 가능한 꿈의 자동차가 실제로 만들어지고 있다고 합니다. 물론 아직은 시제품이 나오지도 않았지만 그 얘기만으로도 이미 세계를 경악에 빠뜨리고 있습니다. 그게 실제로 만들어진다면 실로 세계를 완전 탈바꿈시키는 새로운 혁명이 아닐 수 없습니다. 더구나 놀라운 사실은 이 자동차는 한 번 만들어지면 폐기 처분할 때까지 전혀 비용이 들지 않는다고 합니다. 또한 매연도 전혀 없고, 아니, 이 자동차가 상용화되면 매연을 오히려 동력원으로 쓴다고 합니다. 과연 그게 가능할까요? 지금 기자는 이 꿈의 자동차를 만들 주식회사 환에 나와 있습니다. 그럼 주식회사 환의 창업자이신 최강권 씨와 얘기를 나누어 보도록 하겠습니다.

―먼저 어떻게 그렇게 말도 안 되는 꿈을 꾸게 되었는지 설명해 주실 수 있겠습니까?

"하하하! 기자님께서 그렇게 말씀을 하니 무어라 답을

하기가 민망하군요. 먼저 기자님의 질문에 답하기에 앞서 한 가지 질문을 해 보도록 하죠. 18C에 핸드폰이나 컴퓨터가 가능하다고 생각한 사람이 과연 한 사람이라도 있었겠습니까?"

—그, 그거야 한 사람도 없었겠죠.

"맞습니다. 그런 생각을 한 사람이 있다면 그 사람이 정상이 아닌 사람이겠지요. 그런데 그 상상도 할 수 없는 것들이 지금 상용화가 되고 있습니다. 저는 그것을 인간의 무한한 가능성을 증명하는 하나의 실례로 보고 있습니다."

—그래요? 그럼 CEO께서는 인간의 무한한 가능성만으로는 그런 꿈의 자동차가 설명이 되지 않는다는 걸 알고 계시겠지요?

"인정합니다. 제가 그 꿈의 자동차를 생각하게 되고 만들기에 성공하게 된 것은 꿈에서 본 미래 때문입니다. 꿈에서 그런 것을 보았으니까 그런 것을 만들려고 하게 되었고 또 실제로 만들었다는 것이지요."

—정말입니까? 어떻게 공기로 자동차가 갈 수 있습니까?

"아시다시피 흑색 화약의 주원료인 질산칼륨은 질소가 주요 구성 성분입니다. 이 질소는 공기의 70%가량을 차

244 *the 리더*

지하고 있습니다. 이러면 대충 밑그림이 나오겠지요? 맞습니다. 이 자동차는 흑색 화약을 구성하는 질소의 강력한 폭발력을 에너지로 사용합니다. 그런데 화약의 폭발을 에너지로 바꾸어 쓰려면 약간의 완화장치가 필요하겠지요? 그리고 좀 더 단단한 차체가 필요할 거구요. 그런데 이 단단한 차체는 단백질 섬유로 가능하게 되었습니다. 물론 이 단백질 섬유는 강철의 수 배에서 수십 배의 강도에 고무줄 같은 탄성을 가졌습니다. 물론 무게도 가장 가벼운 소재인 카본 섬유보다 훨씬 가볍고요. 이 단백질 섬유는 당연히 그룹 '환'에서 전 세계에 특허를 이미 받아두었습니다."

─그러면 꿈의 자동차의 출시가 임박하겠군요.

"예, 그렇습니다. 시제품은 이미 만들어져 있습니다. 이 시제품의 주인도 이미 결정이 된 상태구요."

─꿈의 자동차가 이미 출시가 되었고, 시제품의 주인이 결정되었다고요? 그 행운의 주인공은 누구입니까?

"하하하, 여러분도 잘 알고 계신 분입니다. 차기 대통령으로 유력하신 서원명 차기 대통령 후보가 그 주인공이십니다."

─꿈의 자동차의 주인공을 서원명 후보로 결정하신 계기가 있으면 말씀해 주십시오.

"하하하! 못할 것도 없지요. 꿈에 저는 서원명 후보가 대통령이 되어 대한민국을 세계 3대 강국으로 만드는 것을 보았습니다. 평소에 그분의 청렴함에 반하기도 했기 때문에 주저 없이 그분을 꿈의 자동차의 시제품 1호기 미리내의 주인으로 모셨습니다. 꿈에서 본 미래의 자동차를 역시 꿈에서 본 미래의 정치가가 탄다. 이거 어째 운명적이지 않습니까?"

―미리내의 시승식은 모레 12시 정각에 여의도 한강공원에서 있을 예정이라고 합니다. 관심을 갖고 계신 국민 여러분께서는 한 번쯤 가서 보셔도 좋을 것입니다. 지금까지 꿈의 자동차를 만든 꿈의 기업 '환'에서 K뉴스 기자 류근재였습니다.

인터뷰 도중에 최강권의 얘기가 정치성을 띠기 시작하자 인터뷰 기자인 류근재는 서둘러 인터뷰를 마쳤다. 하지만 생방송이어서 최강권이 정치성이 짙은 발언을 하는 것을 막을 수 없었다.

그래서 이미 나갈 것은 다 나가고 들을 것은 다 들은 상태여서 K뉴스는 국내는 물론이고 전 세계적으로도 사상 초유의 관심을 끌기에 충분했다.

✦ ✦ ✦

"회장님, 인터뷰는 그런대로 괜찮았는데 마지막에 서원명 의원 얘기는 하지 않으시는 게 낫지 않았을까요?"

인터뷰가 끝난 후 김미진과 김철호가 심각한 표정으로 은천동 집으로 와서 인터뷰가 잘못된 것 아니냐고 지적을 했다.

그런데 강권은 껄껄껄 웃으며 태연하게 대답을 했다.

"하하하. 김미진 사장, 일부러 그렇게 했습니다. 우선 개헌이 되어야 하고, 다음에 서원명이가 차기 대통령이 되어야 합니다. 그래야 우리 대한민국의 미래가 정의로운 사회, 평등한 사회, 자기가 한 일에 책임을 지는 사회가 될 것입니다."

"어르신, 죄송하지만 제가 주제넘은 말씀을 드리겠습니다. 저는 기업가는 정치와 무관해야 오래 유지할 수 있다고 생각합니다. 정경유착은 우선은 잘 나갈 수 있을 여지가 있지만 정권이 바뀌면 곧바로 지탄의 대상이 될 수 있기 때문입니다."

"하하하. 김철호 이사, 지금 자네가 경영의 선배라고 나에게 충고를 하는 건가?"

"어르신, 그렇게 보였다면 죄송합니다. 하지만 제가 어찌 감히 어르신께 충고를 할 수 있겠습니까? 다만 우리 역사를 돌이켜 볼 때 쭉 그래 왔다는 말씀이지요."

"하하하. 걱정하지 말게. 내가 그 정도도 생각지 못하였겠느냐? 전혀 걱정할 게 없네. 앞으로 서원명이는 종신 대통령을 할 것이고 내가 그렇게 만들 것이다."

"예. 지금이 어느 때인데 그런 말씀을……."

강권의 대답에 기가 막혀 김철호는 이 말을 끝으로 그 문제에 대해서 더 이상 말하지 않았다. 대신에 김미진이 미리내에 대해서 따지고 들었다.

"회장님, 제가 알기로 지금 단백질 섬유 공장을 짓는 중에 있다고 들었습니다. 그런데 난데없이 시제품이라니요? 어떻게 그게 가능한 것입니까?"

"하하하. 김미진 사장, 시제품에 대해서는 걱정하지 마십시오. 이미 만들어져서 모처에 보관 중이니까 말입니다. 그리고 내가 독단적으로 미리내를 만들었다고 섭섭하게 생각하지 마십시오. 앞으로 미림, 아니, 환 테크는 냄새를 전달할 수 있는 휴대폰 생산에 눈코 뜰 새가 없이 바쁠 테니까 말입니다."

"냄새를 전달하는 휴대폰이오? 그게 상용화가 되려면

아직 멀었다고 알고 있는……."

김미진은 자기가 말을 잘못했다는 걸 느끼고는 거기서 입을 다물었다.

최강권이 어떤 인간이던가? 단백질 섬유 건도 그렇고 전천후 만능 자동차 미리내 건도 어디 그런 기술을 생각이나 해 보았던가? 그런 것을 떡 하니 특허를 내고 제품으로 만들어 놓은 사람 아닌가?

'어휴, 나보다 어린 사람이, 그것도 중학교 중퇴가 학력의 전부인 사람이 어떻게 사람의 과거와 미래를 족집게 보듯 볼 수가…… 그렇다면 혹시 이 사람이 미래에서 온 사람이…….'

김미진은 여기서 생각을 접을 수밖에 없었다. 미래에서 와서 미래를 읽을 수 있는 것은 말이 되지만 미래에서 온 사람이 자신의 과거를 꿰뚫어 본다는 것은 설명이 불가능했기 때문이다.

'어휴, 이 사람은 어떻게 된 사람이 도무지 종잡을 수가 없을까?'

결론은 그것뿐이었다. 강권을 불가사의한 인물이라고 생각하는 것은 김철호도 마찬가지였다.

김철호는 불현듯 한 달 전에 강권이 중국에 가기 전의 일이 생각났다.

그때 강권은 자신에게 금 100t을 처분할 루트를 만들어 놓으라고 했다. 사실 금 100t을 처분할 루트를 만드는 것은 어려우면서도 쉬운 일이었다.

금 100t을 한꺼번에 팔 수는 없지만 금 1t 정도는 살 사람이 엄청 많았다.

금의 시세가 앞으로도 계속해서 올라갈 것 같으니까 그룹 총수나 그룹의 비자금을 관리하는 사람, 부정한 뭉칫돈을 들고 있는 사람들에게는 더할 나위 없는 선호품이었기 때문이다.

그렇지만 금 100t을 만드는 것이 장난이 아니라는 것을 알고 있는 김철호는 설마하는 생각을 갖고 있었다. 당시의 시가가 금 한 돈에 26만원. 그렇게만 따져도 금 1kg은 대략 7,000만 원이니 금 100t은 무려 7조원이었다.

그런데 중국에서 한 달 만에 돌아와서 금을 팔잔다.

시중에서 순금 시가가 1돈에 28만원이 넘어섰고, 점점 더 오르고 있는데 그 가격 그대로 받겠다니 다들 사겠다고 환장했다. 금 1t을 사면 앉은 자리에서 50억 가까이 벌고 앞으로도 계속 올라갈 것이었기 때문이다.

그런데 금괴를 암거래하는 것도 여간 골치 아픈 일이

아니어서 김철호는 은근히 걱정이 되었다. 자칫 잘못하다간 세금 폭탄을 맞기 딱 좋았기 때문이다.

그런데 강권의 대답은 너무나 간단했다.

"돈만 주면 매수자들이 지정한 곳에 내가 배달해 줄게."

"예에?"

"내가 배달해 주겠다니까. 돈만 제대로 지불하라고 해."

어렵게 첫 번째 거래가 성사되고 배달까지 완료되었다. 그러자 너도 나도 금을 사겠다고 아우성이었다. 그렇게 순식간에 7조원의 자금이 생겼다.

물론 전부 현찰은 아니었지만 만기 도래일이 근접한 무기명채권 등의 확실한 것이니 현찰이나 다름이 없었다.

하지만 아직도 어떻게 그 많은 금괴를 배달했는지 도무지 이해가 가지 않았다. 그런데 돈이 생기자 뜬금없이 세계 최고의 대학을 만들겠다고 삼류 대학을 인수했다.

김철호는 자못 걱정이 되어 어렵게 말을 꺼냈다.

"어르신. 삼류 대학을 어떻게, 어느 세월에 세계 최고의 대학으로 만들겠습니까?"

"어떻게 하긴, 세계 최고의 석학들을 교수로 초빙해서 강의를 하게 하면 되잖아."

"예에?"

김철호는 이번에도 강권의 말에 반신반의하지 않을 수 없었다.

'설마 우리나라에 그런 석학들이 뭘 보겠다고 ○○대학처럼 후진 곳에 교수로 오겠다고 하겠어? 서울대나 포항공대, 카이스트라도 겨우 올까말까 할 텐데 말이야.'

김철호의 이런 생각을 비웃기라도 하듯 강권의 한 통 편지에 저쪽에서 오히려 교수가 되겠다고 사정을 했다.

'어떻게 그럴 수 있지?'

그런데 더 웃긴 것은 초청을 하지 않아도 교수가 되겠다고 자발적으로 찾아온 사람들이 상당했다는 것이다.

그렇게 찾아온 석학들의 노벨상 개수가 무려 20개가 넘었다.

김철호는 궁금증을 도저히 참을 수 없어 넌지시 물어보았다.

"어르신, 어떻게 했기에 그런 석학들이 서로 앞다투어

오겠다고 했습니까?"

"하하하. 지들이 배울 게 있으니까 오겠다고 했겠지. 생각해 봐. 내가 돈을 더 주겠다고 한 것도 아니잖아?"

"예에?"

김철호는 할 말을 잃고 고개만 절레절레 흔들었다.

강권이 말을 하지 않는다면 김철호는 죽었다 깨어나도 그 이유를 알 수 없을 것이다. 23C의 상식이 교수들에게는 꿈의 영역이었으니 교수들이 목을 매고 사정했다는 것을 말이다.

"정말 그런 차가 만들어질 수 있을까?"

"글쎄요. 미국이나 일본도 아니고 대한민국의 기술력으로는 조금 힘들지 않겠습니까?"

"그렇지만 대한민국의 정서로 보면 그렇게 매스컴에서 큰소리를 쳤다가 그런 차를 만들어 내지 못하면 미래는 없다고 봐야 하지 않을까요? 더군다나 그룹 '환'의 CEO인 최강권이란 사람은 나이도 무척 젊은 것으로 알고 있는데요."

최강권이 K뉴스에서 공언한 꿈의 자동차 미리내의 시

승식 전날 여의도 한강공원에는 국내 매스컴은 물론이고 세계 유수한 매스컴에서 파견된 특파원들로 입추의 여지가 없었다. 그 공언이 사실로 판명되면 좋은 화면을 잡기 위해서 미리 자리를 차지하고 있는 것이다.

특파원들이 주고받는 말을 듣고 있는 김미진과 김철호는 애가 타서 미치고 환장할 지경이었다. 12시가 다 되어 가고 있지만 오겠다는 강권이 올 기미가 전혀 없었기 때문이다.

게다가 여의도 한강공원으로 들어올 수 있는 도로는 이미 주차장으로 변한 지 오래였다.

"미진 씨, 사모님께 전화를 넣어 봐. 어르신께서 출발하셨나."

"철호 오빠, 회장님이 1시간 전에 출발하셨대. 그러니 오고 계시는 중이겠지. 그런데 길이 막혀서 조금 늦을지도 모르겠어."

"휴우, 큰일이야. 외국인들은 약속 시간에 어기면 신뢰를 하지 않는데…… 앞으로 어떻게 대처해야 할지 엄두가 안 나네."

"철호 오빠, 나도 걱정이 되지만 회장님을 믿어야지 어쩌겠어?"

두 사람은 강권이 K뉴스 인터뷰에서 한 말을 지키지

못할 것을 기정사실로 하고 그에 대처 방안에 골몰하고 있었다.

길만 막히지 않는다면 은천동에서 여의도 한강공원까지 30분이면 떡을 치고도 남는다. 하지만 오늘처럼 길이 막히면 세 시간도 좋고 네 시간도 좋다.

자기들이야 하루가 늦어도 상관이 없지만 외국 특파원들은 그렇지 못하다. 약속을 지키지 못한 원인이 어떻든 그들은 그룹 '환'의 CEO가 부도덕하다고 매도할 것이니 앞으로 사업하기가 엄청 껄끄럽지 않겠는가.

이런 생각이 들자 김철호와 김미진은 일각이 여삼추라는 말을 절실하게 실감을 하고 있었다.

김미진의 핸드폰에서 꼬맹이가 '열두시' 하고 냅다 소리를 쳤다.

순간 감고 있는 김미진의 눈에서 시커먼 눈물이 주르르 흘러내렸다. 김철호는 그런 김미진의 기분을 아는지 어깨를 보드랍게 감싸 주었다. 하지만 김미진은 그것을 느낄 기분이 아니었다.

꿈이 와르르 부서지는 것을 온 가슴으로 느껴서 다른 감각이나 감정은 느낄 여력이 없었기 때문이다.

'아! 세계 제일의 기업을 만들어 보리라던 꿈이 이대로 일장춘몽으로 사라지게 되었는가?'

그때 김미진의 비감을 환희로 바꾸는 환호성이 터져 나왔다.

"와! 하늘이다."

"와! 자동차가 하늘을 난다."

황금으로 만든 것처럼 온통 금빛으로 반짝이는 유선형 동체.

그것은 자동차라고 불리기에는 너무나 아까운 예술품이었다.

그 예술품이 하늘에서 여의도 한강공원으로 강림하기도 전에 여의도 한강공원에는 기적처럼 생기가 돌기 시작했다.

전 세계에서 온 수백 명의 사람들의 입에서 *방언(方言)처럼 주문이 쏟아져 나오기 시작했다.

전설이 이루어지고 신화가 창조되었다.

대한민국이 드디어 세계의 중심에 우뚝 솟았도다.

기적의 자동차 미리내는 여의도 한강공원을 몇 차례 선회하더니 해리어 전투기처럼 수직으로 서서히 착륙하고 있었다.

그 모습은 마치 달걀을 긴 쪽으로 4분지 1 정도 잘라 놓은 것 같은 유려한 유선형이었다. 그리고 온통 황금빛으로 빛나면서도 내부가 투명하게 비쳐 보였다.

그런데 지상에서 30cm 정도 높이에서 외형이 트랜스포머라도 되는 양 여러 가지 형태로 서서히 변하고 있었다.

날렵한 스포츠카에서 중후한 세단으로 다시 환상의 컨셉트 카까지.

그리고 뚜껑이 열리듯 윗부분이 뒤로 밀려나더니 두 사람이 밖으로 걸어 나왔다.

한 사람은 K뉴스로 세상의 중심 인물이 된 그룹 '환'의 CEO인 최강권이었고, 또 한 사람은 대한민국 정치의 중심 인물이 된 서원명이었다.

두 사람이 걸어 나오자 퍼뜩 놀란 김철호가 마이크를 들고 최강권에게 다가갔다.

김철호에게서 마이크를 받아 든 최강권이 기자들에게 딱 10명에게만 기회를 줄 테니 질문을 하라고 했다. 그리고는 가장 먼저 K—TV의 기자를 가리켰다.

"조용원 기자입니다. 우선 저희 K—TV에게 맨 처음으로 질문의 기회를 주신 최강권 CEO님께 심심한 사의를 표하며 질문을 시작하겠습니다. CEO님. 참으로 감명 깊게 봤습니다. 미리내가 마치 수직이착륙기처럼 비행도 하고 착륙도 하던데 제원은 구체적으로 어떻게 됩니까?"

"조용원 기자님, 돌려서 말씀하지 마시고 솔직하게 알고 싶은 것을 물으셔도 됩니다. 기자님께서는 얼마나 빠른지 아시고 싶은 게 아닙니까? 하하하, 농담입니다. 기자님의 질문에 답을 하기 전에 말씀드릴 게 있습니다. 솔직히 말해서 미리내의 제원은 저도 잘 모릅니다. 왜냐하면 기존의 사고로는 전혀 생각할 수 없는 차이기 때문입니다. 최고 속도는 아직 시험해 보지 않아서 잘 모르겠습니다만 마하 1까지는 전혀 무리 없이 날고 달린다는 것은 확실합니다. 마하 1에서도 미리내의 내부는 아주 쾌적했습니다. 이상입니다."

다음으로 질문한 기자는 르몽드지의 카라얀이었다. 카라얀은 타원형으로 달릴 때 전복의 위험성이 없는지를 물었다.

"미리내의 좌석은 항상 수평을 지향합니다. 따라서 승차감이 최고입니다."

기자들의 질문으로 밝혀지는 미리내는 소름이 끼칠 정도로 놀라운 자동차였다.

차체부와 좌석부가 이중으로 설계되어 있고 외부의 충격은 전적으로 차체부가 흡수하기 때문에 어떤 사고에서도 좌석부에는 전혀 타격을 받지 않는다고 했다. 게다가 장갑차를 관통하는 철갑탄도 차체부를 뚫지 못한다고 했다.

기자들의 질문이 끝나고 강권은 직접 승차를 해서 자기가 언급한 것들을 시범으로 증명해 보였다.

---

*방언(方言): 방언은 우리 동방(우리나라)의 말을 가리킨다. 方言은 우리 東方ㅅ 마리라(월인석보에서)

제10장
쥐새끼들을 때려잡자(1)

"미나미 생산부장, 도대체 어떻게 된 거야? 한 달에 90kg 가까이 생산을 하던 광산에서 1kg도 캐지 못하다니 갑자기 어떻게 그렇게 금 생산량이 격감을 하냐고?"

　"사장님, 죄, 죄송합니다. 그런데 도무지 그 원인을 모르겠습니다. 단지……."

　"단지 뭐야? 왜 말을 하다 말아?"

　"사장님, 말이 안 된다는 것은 알지만 너무나 공교로운 일이라서……."

　"미나미 부장, 괜찮으니 무슨 말이던지 해 봐."

　몽골 미쓰비시 중공업 소유의 자이언트 금광에서 갑자

기 금 생산량이 격감을 하자 비상이 걸려 대책 회의에 여념이 없었다.

그렇지만 금 매장량이 150t으로 추정되던 금 광산이 졸지에 폐광처럼 되어 버리자 대책이 나올 리 없었다.

그러던 중에 대한민국에서 질소로 가는 자동차를 만들었다는 기사가 전 세계를 뒤흔들었다. 그런데 미나미 생산부장이 인터뷰하는 최강권을 보게 되었고 광산에 왔던 사람이라는 걸 알게 되었다. 도무지 말도 되지 않지만 자이언트 광산의 생산량 격감이 저 친구와 연관이 있을 것 같은 예감이 들었다.

그래서 지인을 통해서 최강권의 행적을 수소문했다. 그 결과 최강권이 근래 최소한 수십 t의 순금을 팔았다는 것을 알아냈다.

그러던 차에 사장에게 부름을 받자 망설임 끝에 그 사실을 보고하게 된 것이다.

"미나미 부장, 그러니까 당신 말은 그 조센징이 왔다 간 다음에 생산량이 극감하는 일이 발생이 되었는데 그 조센징이 한국에서 수십 t의 순금을 팔았단 말이지?"

"예. 사장님, 우연이라고 하기에는 너무나 공교롭지 않습니까?"

"하지만 미나미 부장, 혼자의 힘으로 불과 며칠 동안

에 수십 t의 황금을 캐 갔다. 그 말이지?"

"예. 사장님."

"미나미 부장, 그게 가능하다고 생각하는가?"

"하지만 사장님, 그 조센징이 만든 자동차가 지금의 기술력으로 가능한 일입니까? 제가 볼 때는 우리 광산의 금 산출량이 급감한 것은 그 조센징과 분명히 관련이 있는 것 같습니다."

대기 중의 질소를 연료로 해서 움직이는 자동차를 보기 전이었다면 터무니없는 소리를 하지 말라고 했겠지만 그럴 수도 있다는 생각이 들었다.

'으음, 아무래도 사쿠라 둘을 발령해야겠군.'

자이언트 금광 사장인 야마무라 히로끼는 한국 내에 암약하고 있는 극우파 조직을 가동시키고자 했다. 대한민국 내에 암약하고 있는 극우파는 세 부류가 있었다.

첫 번째는 암혈(暗血)이었다.

암혈은 일본의 패망 후에 미처 일본으로 돌아가지 못하고 한국인으로 위장을 하고 살아가는 일본인들이다.

이들은 철저하게 한국인이 되어 한국인으로 살아간다. 하지만 유사시에는 일본인을 회복하여 일본의 편에 서도록 약속이 되어 있다.

두 번째는 진혈(眞血)이었다.

이 진혈은 경제인의 탈을 쓰고 경제 활동을 하는 사람들이었다. 이들은 평소 친한 일본 인사로 한국에 많은 일을 하지만 유사시에는 일본의 이익에 부합하는 일을 하기로 되어 있었다.

세 번째 부류는 가혈(假血)이었다.

이들은 일본인들이 아니었다. 일제강점기 때 일제에 부용(扶庸)한 자들과 그 후손들, 그들로부터 가르침을 받은 자들이었다.

이들은 대부분 경제계와 교육계에 뿌리를 박고 경제적 도움을 대가로 극우파와 야합을 하는 자들이었다.

사쿠라 둘은 가혈과 암혈을 동원할 수 있는 소집령과도 같았다.

야마무라 히로끼가 조재건을 찾은 것은 그 다음 날이었다.

"조재건 상. 그룹 '환'의 최강권이라는 자와 서원명이가 붙어 다니는 것은 무슨 까닭인가?"

"서원명이의 보좌관으로 있는 류설호에 따르면 최강권이란 자가 서원명이를 대통령으로 만드는 킹메이커 역할을 자처했다고 합니다."

"그럼 류설호에게 최강권이란 조센징에 대해서 철저하

게 조사하도록 하게. 아니 내가 직접 물어볼 테니 이리
부르도록."

"예. 알겠습니다. 각하(閣下)."

조재건은 야마무라 히로끼의 명령을 받자마자 곧장 류
설호에게 전화를 걸었다.

"설호야, 나 재건이 형이다."

—재건이 형, 형이 무슨 일로 갑자기 전화를 한 거지?

"응, 히로끼 사장님께서 오셨다. 히로끼 사장님께서
너를 위해서 풍경화를 사 오셨으니 찾아뵈라. 알겠냐?"

—예. 형, 오늘 저녁에 찾아뵐게. 우리 영감님의 오늘
스케줄이 빡빡하시거든.

"그래 알았다. 기다리고 있으마."

❖ ❖ ❖

"어? 요것들 봐라. 둘이 아는 사이였다는 말이지?"

정세기는 조재건을 감시하고 있다가 정말 뜻밖의 인물
과 통화하는 것을 듣게 되었다.

"이 썩을 놈이 서원명의 보좌관과 그저 아는 정도가
아니라 경제적으로 엮이기까지 했군. 일본 놈에게 풍경화
를 받는다고?"

정세기가 걱정을 하고 있는 것은 강권이 밀고 있는 서원명이 차기 대통령이 될 게 분명하니 그 보좌관이라면 청와대에 입성할 게 뻔했다. 그런 자가 일본 놈들에게 뇌물을 받는다면 청와대에 입성했을 때 알게 모르게 일본 놈들에게 많은 이권을 넘겨줄 게 뻔하다는 생각에 열이 올랐다.

"이거 그냥 넘어가서는 안 되겠군. 어르신께 연락을 해야겠어."

정세기는 일본 놈들에게 본능적으로 알레르기가 있었다.

나름 들은 것이 있어서 조재건이 일본 놈들과 통하는 것도 께름칙한 생각이 들 텐데 한술 더 떠 서원명의 보좌관이 일본 놈들과 통한다면 머리털이 곤두설 일이었다.

정세기는 곧장 최강권에게 전화를 했다.

"어르신, 저 정세기입니다. 급히 드릴 말씀이 있는데 통화가 가능하겠습니까?"

—그래. 무슨 일이지?

"다름이 아니라 조재건이 서원명의 보좌관인 류설호와 통화를 하는 걸 감청했습니다."

—그런데?

"예. 류설호가 히로끼 사장이란 일본 놈에게 뇌물을

받으러 저녁에 조재건의 집으로 간다고 합니다."

—알았네. 수고했네. 그런데 혹시 조재건의 집에 도청 장치를 설치한 게 있나?

"몇 번 설치를 했는데 조재건이가 어떻게 알았는지 도청장치를 제거했습니다. 그래서 감시하고 있는 우리가 들킬까 봐 더 이상 설치를 하지 않고 있습니다."

—알았네. 또 변동 사항이 있으면 즉시 연락을 하도록 하게. 계속 수고하도록 하게.

"예. 어르신. 안녕히 계십시오."

정세기는 전화기를 든 채로 90도 배꼽인사를 하며 전화를 끊었다.

정세기가 자기도 모르게 이런 인사를 하는 것은 그만큼 최강권을 존경하고 있다는 의미였다.

그럴 수밖에 없는 것이 강권 덕분에 키가 무려 10cm나 커졌고, 계속 크고 있었다. 오히려 키가 줄어들어야 정상인 40대 중반의 나이에 키가 무려 10cm나 컸다는 것은 기적이 아닐 수 없었다. 그 기적을 창출한 강권에게 정세기는 무한 존경을 보내지 않을 수 없는 것이다.

정세기는 전화를 끊은 즉시 1팀의 팀원들에게 다른 일은 모두 보류하고 전원 조재건과 류설호에게 붙으라고 지시했다.

"세기 형, 재건이란 놈은 하도 양아치 같으니까 그런다고 치지만 이 류설호란 녀석은 서원명이의 오른팔과 같은 놈이 아니오? 그런데도 녀석을 감시하는 것은 어르신께 좀⋯⋯."

"재섭아, 방금 전 어르신께서 지시하신 일이다. 이 조재건이란 양아치가 일본 극우파 놈들에게 빌붙어 먹고 사는 양아치 같은 녀석이 분명하다. 그러니까 이 녀석과 연락을 하는 놈들은 매국노와 같다는 사실을 잊지 말기 바란다."

"그 거지 새끼가 일본 극우파 놈들에게 붙어먹고 사는 기생충 같은 놈이라고요?"

"재섭아, 너, 이 형 믿지? 그럼 그만 지껄이고 무조건 이 일에 목숨을 걸어라. 알겠냐?"

"형, 알았수."

정세기가 이렇게 확신하고 있는 이유는 히로끼란 자가 누구인지 생각이 났기 때문이다.

전범기업 미쓰비시 중공업을 일으킨 이와사끼 야타로의 증손자뻘 되는 인물이었다. 히로끼의 엄마가 이와사끼의 손자니 그의 핏줄이 틀림없었다.

정세기가 이 야마무라 히로끼란 자를 잘 알고 있는 것은 정세기의 엄마가 1944년부터 나고야 항공 제작소에서 '조선인 근로정신대' 란 이름으로 강제 노역에 동원되었기 때문이다.

당시 정세기의 엄마는 12살이었는데 배불리 먹여 주고 돈을 많이 주겠다는 말에 속아 나고야의 비행기 만드는 공장에서 일하러 가게 됐다고 한다.

가미카제 특공대들의 비행기로 악명이 높은 그 '제로센' 비행기도 그 공장에서 만들었다고 하셨다.

정세기가 전범기업인 미쓰비시에 이를 가는 이유는 나름 이유가 있었다. 한참 성장기의 나이였던 12살에 못 먹고 중노동에 시달린 어머니가 발육이 제대로 되지 않아 그 역시 키가 작을 수밖에 없다고 믿었기 때문이다.

한편 정세기의 전화를 받고 강권은 예감이 묘해졌다.

'이런 기분은 위험하지는 않지만 좋지 않은 일이 생길 때 느껴지는 것인데 왜 그러지?'

서원명의 전생을 알고 강권은 서원명에 대한 의심을 일체 접었다. 덩달아 서원명과의 사이에서 벌어졌던 좋지 않은 기억들마저 일체 접었다.

게다가 서원명이 류설호를 자신의 오른팔이나 다름이

없는 인물로 묘사했기 때문에 그가 벌인 일들도 그다지 염두에 두지 않았다.

그런데 이런 예감은 마치 믿었던 자에게 뒤통수를 얻어맞았을 때의 딱 그 기분이었다.

"으음, 그냥 넘어가면 아무래도 후회할 일이 생길 것 같군."

강권은 이런 결론을 내리고 즉시 서원명에게 전화를 했다.

"이봐! 정암이, 자네 어디 있는가?"

"나? 나는 지금 동해안에 와 있네. 자네가 준 미리내의 시승식을 겸해서 와이프와 드라이브를 하고 있는 중이네."

"정암이, 지금 한가하게 드라이브를 할 때가 아닌 것 같네. 누구에게도 말하지 말고 지금 즉시 우리 집으로 와 줄 수 있겠나?"

"자네 집으로?"

"그래. 우리 집에 질 좋은 와인이 있으니 그 와인을 마시며, 조용히 이야기를 하세나. 하지만 절대 그 누구에게도 말해서는 안 되네. 그래 줄 수 있겠지?"

"알겠네. 지금 즉시 가도록 하지."

서원명의 아내 김정례 여사는 모처럼 남편과 기분 좋

게 드라이브를 하고 있었다.

단 둘만의 드라이브는 서원명과 데이트를 하던 시절 이후 처음인 것 같아 엄청 기분이 업된 상태였다. 그런데 그 업된 기분을 깨는 전화가 걸려 오자 기분이 무척 상했다.

하지만 김정례는 정치가인 아버지를 둔 덕에 그런 기분을 가까스로 누그러뜨리고 차분하게 가라앉힌 다음 물었다.

"여보, 그 전화 누구에게서 걸려온 전화예요?"

"으응, 그룹 '환'의 CEO."

"그룹 '환'의 CEO라면 효석이보다 어린 그 건방진 자식 말이에요?"

"……."

서원명은 김정례 여사의 말에 대꾸할 기분이 나지 않았다.

아녀자인 김정례 여사는 자기 아들 효석이보다도 어린 강권이 차기 대통령이 될 자기 남편과 친구 먹자고 했다는 게 건방지기 짝이 없다고 생각하던 중이었다.

그 건으로 다투기도 했지만 그 건은 서로 입 밖에 내지 않는 것으로 묵시적인 합의를 봤다. 하지만 생각하면 할수록 그 어린 녀석이 괘씸하기 그지없는 것은 어쩔 수 없었다.

결국 서울에 도착하자 김정례 여사는 집에 내려주고 가든지 말든지 마음대로 하라는 말이 나올 수밖에 없었다.

"알았네."

그렇게 김정례 여사를 도곡동 집에 내려주고 강권의 집으로 향했다.

"정암이, 제수씨는 어떻게 하고 혼자 오는가?"

"그게 말이야……."

"쩝, 그게 다 자네 복이니 어쩔 수 없지 뭐."

강권은 잠시 한탄을 한 다음에 일본 극우파의 요인인 야마무라 히로끼가 극비에 입국을 했고, 서원명의 보좌관인 류설호와 회동을 한다는 첩보를 전했다.

"그러니까 자네 말은 지금 내 보좌관인 류설호가 일본 극우파와 손을 잡고 있단 말인가?"

"불행히도 그런 것 같네."

"끄응……."

극단적인 민족주의자라면 민족주의자인 서원명으로서는 받아들이기 힘든 사실이었다.

그러고 보니 매국노의 후손들이랄 수 있는 자들과 이따금씩 어울리는 것도 같았고 중국인들과도 제휴하는 것도 같았다.

사람을 한 번 믿으면 좀처럼 의심을 않는 성격 탓에 자신이 부족한 점을 류설호가 매워 주고 있다고만 생각했던 서원명이었다.

"아마 자네가 느끼고 있는 배신감이 현실로 닥칠 걸세. 그래서 내가 아무에게도 말하지 말고 곧장 우리 집으로 오라고 했던 걸세."

"그럼……"

"아마도. 제수씨가 류설호에게 아무 말도 하지 않았으면 싶네만 그게 바람으로만 끝날 가능성이 다대하네."

서원명은 이 어린 친구에게 부끄러워 얼굴을 들 수 없었다.

류설호의 농간에 강희복 경찰청장을 중국인들에게 암살하라고 청부했고, 어린 친구의 와이프와 동생까지 납치하지 않았던가?

그런데도 이 어린 친구는 자신을 탓하지 않았고, 자신을 위해서 온갖 궂은일을 하고 있지 않은가?

이미 국회를 통과해 국민투표만 남은 헌법 개정 작업도 이 친구의 부하들이 국회의원들을 협박해서 찬성으로 돌리지 않았다면 불가능한 일이었다.

또한 자신을 대통령으로 만들기 위해서 그토록 하기

싫어하던 일도 했고, 역사에 남을 자동차 미리내까지 선뜻 기증했다. 그런데 자기는 계속 일만 저지르고 있지 않은가 말이다.

"휴우, 자네에게 너무 미안하구먼."

"하하하. 사랑하는 사람에게 미안하다고 말하는 것이 아니듯이 친구에게도 미안하다고 말하는 것이 아닐세. 친구란 마음으로 통해야 되는 사이니까 말이지."

"허어……."

서원명은 강권의 넓은 흉금에 감탄과 탄식이 버무려진 감탄사를 토하는 것으로 자기 마음을 피력하지 않을 수 없었다.

그런 서원명을 보며 강권은 천살문에 대한 얘기를 하기로 결심했다.

"내, 자네에게 한 가지 얘기할 게 있네."

"……."

"고대에 이 땅에는 원시불교가 있었다네. 이 원시불교는 현대에 알고 있는 불교와는 전혀 상반되는 이념을 갖고 있네. 한 사람을 죽여 만인이 평화로울 수 있다면 기꺼이 그 한 사람을 죽여야 한다는 논리로 무장이 된 종교라네."

"설마……."

"아마도 그 설마가 맞을 것이네. 그 원시불교를 신봉하는 천살문의 당대 문주라고 할 수 있는 사람이 나라네. 강석천이 그 친구가 나를 그렇게 어려워하는 것은 내가 그보다 배분이 훨씬 높기 때문이라네."

"……."

"내가 자네에게 이 말을 하는 이유는 자네를 대통령으로 만들기 위해서 어쩔 수 없이 피를 흘려야 한다는 판단이 섰기 때문일세. 자네도 알다시피 우리나라의 현실은 매국노와 그 후손들이 기득권자로서 지배하고 있다네. 나를 씹었던 조재건도 그중 하나일세. 그 조재건과 암암리에 소통하고 있는 류설호도 아마 그 부류에 속할 것이네."

서원명은 강권의 극단적인 말에 충격을 받은 듯 아무 말도 없었다.

강권은 그런 그를 보며 가만히 한숨을 내쉬며 말을 이었다.

"우리나라가 개혁을 이루려면 먼저 그런 자들을 처단해야 하네. 그런 자들을 법으로 처단할 수 있겠는가? 반백 년 그자들에 의해서 왜곡된 역사는 그자들을 법으로는 처리할 수 없도록 만들어 버렸다네. 자네는 개혁을 이루어야 하고, 나는 그 개혁에 방해가 되는 자들을 처단해야 한다네. 그게 현생에서 부여받은 자네와 나의 운명일세."

❖　❖　❖

그 시각 류설호는 연신 귀를 후비며 김정례 여사와 차를 마시고 있었다.

"사모님. 의원님께서는 지금 그룹 '환'의 CEO와 회동하고 계시다고요?"

"그렇다네. 지금쯤 와인을 마시고 있으니까 언제 올지 모르겠어. 자네 오늘 빨리 가봐야 한다고 했지? 그만 가보도록 하게."

"그렇지만 의원님께서는 오늘 구본석 전경련 회장과 만나시기로 되어 있는데…… 알겠습니다. 다음으로 미루도록 하지요."

"류 보좌관. 나는 신경 쓰지 말고 이만 퇴근하도록 하게."

"예. 사모님. 그럼 저는 전경련 회장단과의 회동을 연기하고 그만 퇴근하도록 하겠습니다."

류설호는 김정례 여사에게 이렇게 말하고 바로 아래층에 있는 서원명 의원 사무실로 내려갔다.

'서원명이가 나를 배제하고 그자와 쿵짝을 맞춘단 말

이지? 그렇다면 나도 생각을 달리하지 않을 수 없지.'

류설호가 차기 대한민국의 지도자로 이름 높은 서원명의 보좌관으로 들어온 것은 철저한 계산에 의해서 이루어진 일이었다.

류설호는 서애 류성룡의 후손인 풍산 류씨로 되어 있지만 사실은 다나까 에토무라는 일본 이름을 갖고 있었다.

그러니까 그의 조부가 일본의 패망 후에 일본으로 돌아갈 수 없게 되자 독립운동을 하다 죽은 사람의 호적으로 한국인 행세를 하며 암혈이 되었다.

그 암혈의 피를 이어받은 다나까 에토무는 일본 극우파의 지령에 따라서 차기 대한민국의 지도자가 될 가능성이 가장 큰 서원명을 이용할 수단으로 지목이 되어 오늘날에 이른 것이다.

류설호는 자신의 컴퓨터 비밀 공간에서 일련의 자료들을 찾아 USB에 때려 담았다. 이 USB메모리 카드에는 자신이 용천사에 강희복 경찰청장을 암살 청부한 것에서 시작해서 씨크릿 컴퍼니가 국회의원들을 협박해서 개헌안이 국회에서 통과된 것까지 모두 들어 있었다.

서효석의 강간을 무마하는 과정이 그 안에 상세하게 들어 있는 것은 물론이었다.

한마디로 이 자료들이 밖으로 빠져나간다면 서원명의 정치 생명은 물론이고 사회적으로도 매장되지 않을 수 없었다.

'후후후, 서원명, 네가 아무리 그래 봐야 이게 내 손에 있는 한 너는 내 손에서 벗어날 수 없어.'

류설호는 음침하게 웃으며 USB메모리 카드를 교묘하게 만들어진 양복 안주머니에 넣었다. 이 USB메모리 카드야말로 류설호에게는 구명줄이고, 미래를 보장하는 든든한 보험이 될 것이다.

류설호가 이처럼 USB메모리 카드를 자신의 몸에 보관하는 이유는 서원명의 입으로 씨크릿 컴퍼니의 실체를 들었기 때문이다. 자칫 잘못하다가는 이 자료들을 씨크릿 컴퍼니에게 모두 빼앗길 수 있다는 판단을 한 까닭이었다.

류설호가 퇴근하고 얼마 있지 않아 서원명과 최강권이 서원명의 사무실에 나타났다.

"최 군, 류 보좌관은 어디에 있나?"

"예. 의원님, 방금 전에 퇴근했는데 만나지 못하셨어요?"

"방금 전이라고? 그럼 류 보좌관은 퇴근하기 전까지 뭘 하고 있었지?"

"위층에서 사모님과 차를 마시고 내려와서 자리에서 뭘 하는 것 같았는데, 확실한 것은 모르겠습니다."

"최 군. 류 보좌관에게 전화를 걸어 당장에 사무실로 들어오라고 해. 당장 말이야."

서원명 사무실의 직원인 최성원은 류설호에게 전화를 걸었지만 류설호는 전화를 받지 않았다.

"의원님. 류 보좌관님께서 전화를 받지 않으시는데요?"

"뭐시라? 알았어. 자네들도 이만 퇴근하도록 하지."

최성원과 또 다른 직원인 윤다래는 서원명의 심기가 엄청 불편한 것을 느끼고는 주섬주섬 주변을 정리하고 서원명에게 인사를 하고는 밖으로 나가는 것이었다.

그런데 윤다래는 나가려다 걸음을 멈추고 서원명에게 자신이 본 것을 조심스럽게 말했다.

"의원님, 아까 보니까 류 보좌관님께서 컴퓨터로 무슨 작업을 하셔서 USB메모리 카드에 담으시는 것 같았는데 구체적으로 무슨 작업을 했는지는 잘 모르겠습니다."

강권은 서원명의원의 비서인 윤다래의 말에 문득 스치는 생각이 있어 류설호의 컴퓨터에 앉았다.

'정세기가 모든 컴퓨터는 어떤 작업을 하던 간에 그 흔적을 남긴다고 했지?'

강권은 컴퓨터를 조작해서 류설호가 작업하면서 남긴
흔적들을 찾기 시작했다.

한참을 조작한 끝에 류설호가 USB메모리에 담은 자
료들을 찾아낼 수 있었다. 하나만 외부에 노출이 되어도
서원명의 정치 생명에 심대한 영향을 줄 수 있는 자료들
이 무려 대여섯 가지가 그 흔적에 포함이 되어 있었다.

'아니 이 멍청한 친구 보게나. 아무리 멍청해도 그렇
지 어떻게 이런 녀석을 오른팔이라고 믿게 되었지?'

강권은 내심 한탄을 하고는 류설호의 비밀 공간을 찾
아내었다.

그 비밀 공간은 강권이 정세기의 도움으로 컴퓨터의
도사가 되지 않았다면 도저히 찾을 수 없는 그런 것이었
다. 강권은 비밀 공간을 완전 삭제하려다 문득 놀라운 것
을 보게 되었다.

다나까 에토무 = 류설호, 다나까 에토무 = 류설
호……

나는 누구인가?

'그렇다면 류설호란 녀석은 쪽발이란 말인가? 어떻게
그럴 수 있지?'

강권은 서둘러 비밀 공간을 샅샅이 뒤져서 일본 극우파의 하수인인 삼혈(三血)의 실체에 대해서 어렴풋이 그 윤곽을 알아낼 수 있었다.

'이러니 어떻게 역사 청산이 제대로 이루어질 수 있겠어?'

강권은 하품이 나왔다.

안타까운 것은 류설호, 즉, 다나까 에토무의 일본 극우파에서의 지위가 미미해서 삼혈의 본령에는 접근조차 하지 못하고 있다는 점이었다. 강권은 류설호에게 분노가 치미면서도 한편으로는 그가 암울한 역사의 희생자라는 생각에 측은한 마음도 들었다.

온전한 한국인도, 온전한 일본인도 될 수 없는 영원한 주변인.

류설호는 암울한 역사의 무게에 눌려 얼마나 힘겨워했는지 그의 낙서에 오롯하게 나타나 있었던 것이다.

그래서 아마도 살아남기 위해서 두 가지 자료들을 모두 비밀 공간 안에 담아 두었을 것이다.

강권은 장탄식을 하며 서원명을 불러 이 자료들을 보게 했다.

"강권이 이 친구야, 뭘 보라는 말인가?"

"야! 이 멍청한 친구야, 퍼뜩 와서 이 자료들을 보란 말이야."

서원명은 첫 대면을 제외하고는 항상 자신에게 깍듯하게 행동을 했던 강권이 버럭 화를 내며 재촉하자 벙 쪄서 컴퓨터 화면에 눈길을 주었다.

"억! 아니 이것은……."

"휴우, 이 친구야, 이제야 자네가 얼마나 어리석게 행동을 했는지 알겠지? 그리고 내가 했던 말이 얼마나 절실했는지 이제야 어느 정도 감을 잡을 수 있을 거야."

"휴우, 강권이 이 노릇을 어찌해야 좋단 말인가?"

"정암이, 내가 어떻게든 해 볼 테니까 자네는 이 사실을 전혀 모르는 것일세. 아시겠는가?"

"휴우, 알겠네."

강권은 낙담에 빠져 있는 서원명을 다시 위로한 다음에 USB메모리 카드를 가져오게 했다.

자라 보고 놀란 가슴 솥뚜껑 보고 놀란다고 서원명은 대답 대신에 의혹이 가득한 눈초리로 강권을 쳐다보았다.

"정암이, 이 친구야, 그렇게 똥인지 된장인지 모르면서 어떻게 우리나라의 미래를 책임지겠다는 건가? 내가 자네를 없애려면 언제, 어디에서나 가능하다는 것을 아직도 모르는가?"

서원명은 그제야 퍼뜩 위층으로 올라가 USB메모리

카드를 가져왔다.

그런데 그 USB카드는 서효석의 것이었는지 카드 속에는 차마 입에 담을 수 없는 것들이 들어 있었다.

'이런 썩어 빠진 녀석 같으니라고.'

강권은 내심 서효석의 욕을 바가지로 하며 삼혈에 관한 자료들을 몽땅 그 USB메모리 카드에 때려 담았다.

이 USB카드는 씨크릿 팀원들이 분석을 해서 우리나라를 좀 먹는 쥐새끼들을 때려잡는데 유용하게 쓰일 것이다.

강권은 류설호의 컴퓨터에서 비밀 공간을 완전 삭제한 다음에 류설호의 행적을 찾으러 나갔다.

외전
다나까 에토무 = 류설호, 나는 누구인가?

"이 쪽발이 새끼들, 감히 어디 와 행패질이야? 행패질은?"

180cm에 85kg 정도의 단단한 체구의 청년이 자갈치 시장에서 행패를 부리고 있는 3명의 일본 청년들에게 격분을 느끼고 그들과 일장 혈투를 벌이고 있었다.

그와 싸우고 있는 3명의 일본 청년들도 다들 한 떡대하였지만 청년은 유도의 메치기 기술을 이용해서 일본인들을 어렵지 않게 땅바닥에 패대기쳤다.

일본 청년들은 안 되겠다 싶었는지 얼른 일어나더니 허겁지겁 도망갔다.

그것을 보고 있던 사람들은 통쾌했던지 청년을 향해

박수 갈채를 보냈다.

"와! 최고다."

"정말, 속이 후련하군. 청년 이리 오게. 내가 술 한 잔 따라 주겠네."

"아닙니더. 됐다 아입니까? 지는예 이제 고등학교 1학년이라예."

"뭐? 정말인가?"

"예. 비싼 밥 묵고 뭔 거짓부렁을 하겠습니꺼? 지는 상주 용운고등학교 1학년에 다니는 류설호라예."

"이거, 고등학생이라니 술은 줄 수 없고, 그럼 회나 좀 먹게."

더벅머리 학생은 군침을 꿀꺽 삼키면서도 쳐다보기만 할 뿐 먹으라는 회는 먹지 않고 머리만 긁적이고 있었다.

"아니 왜 그러고 있는가? 어서 먹으라니까?"

"헤헤, 지가 예…… 쫌에 많이 묵습니더. 보니 한입거리도 안 될 거 같아 그냥 묵었다 생각하고 그만 참겠습니더."

"하긴 그 덩치에 이 정도는 간에 기별도 안 가겠지. 좋아. 내가 통쾌해서 한 턱 쏘겠네. 자네 마음껏 먹게."

"정말입니꺼? 감사합니더."

"감사는 무슨. 따지고 보면 우리 민족은 다 한 핏줄 아
닌가? 자네를 보고 있자니 듬직한 내 조카 같고 손자 같
아서 보는 것만으로도 무척이나 기분이 좋네."

머리가 희끗희끗한 초로(初老)의 중년인이 이렇게 말
하자 류설호는 더 이상 사양하지 않고 자리에 털퍼덕 앉
았다.

그런 류설호를 중년인은 흐뭇하게 바라본다.

그날 류설호는 서너 명은 충분히 먹을 만큼 큼직한 광
어를 무려 세 마리나 혼자 해치우는 기염을 토했다.

그렇지만 이날의 무훈(武勳)이 류설호의 인생을 송두
리째 바꾸는 계기가 될 줄은 전혀 알지 못했다.

류설호는 무도인인 아버지 류무랑 덕분에 어렸을 적부
터 자연스럽게 유도를 배우게 되었다.

아버지 류무랑은 한국유도협회 이사이자 경북지회장으
로 인망이 높았다. 거기에 일대에서 손꼽는 명문가인 풍
산 류씨여서 류설호의 자부심은 대단했다.

하지만 그의 아버지 류무랑은 류설호를 좀처럼 인정하
지 않았다. 항상 꾸짖고 훈계를 했다.

류설호는 그런 아버지가 싫기는 커녕 더 존경심을 가

졌다.

그런 아버지의 마음에 드는 거라면 무엇이든 기꺼이 할 각오가 되어 있었다.

그래서 아버지에게 부산 자갈치 시장에서 있었던 일을 자랑 삼아 이야기했다.

"아부지예, 지가 이번에 부산에 가서 마 크게 한 껀 했다 아입니꺼?"

"설호, 이 녀석아! 표준말을 쓰라고 했잖아? 서울에 가서 큰일을 하려면 사투리를 쓰면 안 된다고 했잖아. 다시 말해 봐."

아버지의 꾸중에 머쓱할 만도 하지만 류설호는 헤헤거리며 떠듬떠듬 표준말을 사용해서 부산 자갈치 시장에서 자신이 세운 무훈을 떠벌였다.

"헤헤, 아버지. 지, 제가, 이번에 부산에 가서 크게, 큰 선행을 했습니다. 그게 뭐냐 하면 말이지예—요, 그러니까 자갈치 시장에서 행패를 부리는 일본 쪽빠리 세 놈을 다 때려잡았다 아입니꺼?"

"그래?"

"예. 그랬습니더."

류설호는 아버지 무랑의 말이 묘하게 떨리는 걸 알아차리지 못하고 입에 침을 튀겨 가며 자기의 무훈을 지껄였다.

딴에는 아버지에게 인정받고 싶어 떠벌였지만 류설호는 그 일이 있고 난 다음부터 아버지 무량의 말이 부쩍 줄어들었다는 것을 전혀 깨닫지 못했다.

그런데 자갈치 시장에서의 일이 어떻게 학교에 알려졌는지 류설호의 인기는 상종가를 치고 있었다.

류설호가 다니는 용운 고등학교는 남녀공학이었는데 3학년 누나들마저도 류설호에게 러브레터를 써서 가방에 넣거나 주머니에 몰래 넣는 것은 다반사였다.

"에효, 이놈의 인기는 사람을 정말 피곤하게 만든다니까."

류설호가 여학생들이 몰래 넣은 러브레터를 꺼내 읽으며 이렇게 말할 때마다 반 친구 녀석들은 뒤통수를 쳐대며 이를 갈았다.

"으드득! 이 불상(不祥)한 놈!"

물론 류설호는 친구들의 구타와 욕설이 애정의 표현이라는 것을 잘 알고 있었다. 류설호는 언제까지 그렇게 행복할 줄만 알았다.

하지만 산이 있으면 골이 있는 법.

류설호의 행복은 고등학교 겨울방학 때 아버지를 따라서 일본에 여행을 가면서 산산이 부서지게 되었다.

"예에? 제가 쪽빠리라고요?"

"쪽빠리란 말을 함부로 쓰지 마라. 그리고 엄밀히 따지면 우리 조상님은 백제인이다. 천하의 망종인 신라인들이 외족의 힘을 빌려 백제를 병탄하자 시조이신 좌평 성충 님은 눈물을 머금고 백제의 왕손을 모시고 이곳에 정착을 하셨다. 당시 천황 역시 백제의 왕손이셔서 큰 어려움은 없었다."

"……."

류설호는 아버지 무랑의 말이 도무지 믿어지지가 않아 반쯤 넋이 나간 상태여서 계속되는 아버지의 말이 귀에 들리지 않았다.

무려 두 달 동안이나 일본 전역을 돌아다니며 조상들의 흔적들을 답사하고 친척들을 만났지만 류설호, 다나까 에토무의 마음은 닫혀 있었다.

일본 체류 마지막 날 아버지 무랑은 류설호를 수상을 지낸 다나까의 묘역으로 데려갔다.

"이분은 너에게 종조할아버지뻘 되시는 분이시다. 이분은 초등학교만 나오시고도 수상까지 역임하셨다."

"……."

"이분에 관한 유명한 일화가 있다. 이분이 대장성 장

관으로 취임을 하시자 사람들은 한 달도 되지 못해서 스스로 물러나실 것이라고 쑥덕거렸다. 그렇지만 이분은 천하의 수재들만 모여 있다는 대장성을 취임식장에서 완전 장악을 했단다. 그때 하신 말씀이 뭔 말인지 아느냐?"

"……."

"이분은 이렇게 말씀하셨다. '여러분은 천하가 다 알아주는 수재들이고 나는 초등학교밖에 나오지 못한 사람입니다. 더구나 대장성 일에 대해서는 깜깜합니다. 그러니 대장성 일은 여러분이 하십시오. 나는 책임만 지겠습니다.' 내가 해 주고 싶은 말이 바로 그 말이다. 네가 어찌 태어났든 너는 네 피에 책임을 져야 한다. 네게 강요는 하지 않겠다. 이분이 초등학교를 나오고도 일본 수상의 자리에 오르셨으니 너는 대한민국의 대통령이 되어라. 나는 무슨 일을 해서든지 네 뒷바라지를 하마."

류설호의 귀에 아버지의 말은 여전히 들어오지 않았다. 아니, 들리기는 했지만 마음에 닿지 않았다는 게 정답일 것이다.

일본을 여행하는 두 달 동안 류설호의 마음속에서는

단 하나의 의문만이 존재하고 있었다.

나는 다나까 에토무인가? 류설호인가? 과연 나는 누구
인가?

한국에 돌아오자 류설호는 아버지에게 서울로 전학을
시켜 달라고 했다. 도저히 친구들의 얼굴을 볼 자신이 없
었기 때문이다.

그렇게 서울로 전학을 온 다음에도 류설호는 말이 없
는 아이로 통했다. 공부도 나름 잘하는 축에 속해 류설호
를 엄친아로 분류하는 아이까지 있었다.

여전히 류설호의 마음속에는 '나는 다나까 에토무인
가? 류설호인가? 과연 나는 누구인가?' 라는 의문이 존
재하고 있었다.

류설호는 이 의문 외에도 고대사에 의문이 자리 잡고
있었다.

일본 여행 중에 아버지에게서 들었던 조상이 백제인이
라는 것에 근거를 찾고 싶었다. 스스로의 정체성을 찾고
싶었던 것이다.

그래서 서울대 법대를 들어갈 수 있음에도 서울대 사
학과에 들어갔다. 하지만 정체성을 찾기는 커녕 혼란만

더욱 가중되었다.

류설호가 정체성을 찾는 과정을 지켜보던 지도 교수는 그의 학문적 열정을 높이 사서 그를 조교로 발탁했다.

적어도 류설호는 그렇게 믿었다.

그런데 류설호는 사학계의 묘한 동정을 읽을 수 있게 되었다.

이른바 '감싸기'와 '편 가르기'였다.

우선 '감싸기'는 역사를 왜곡시킨 그들의 스승을 교묘하게 감싸고 합리화시키는 작업이었다. 스승의 과오를 뛰어넘어야 함에도 도제(徒弟) 식 학풍으로 스승을 신성시하고 우상화시켰다.

두 번째 '편 가르기'는 한마디로 돈을 둘러싼 이전투구(泥田鬪狗)였다. 문교부에서 프로젝트로 포장해서 내려준 돈을 누가 먹느냐는 다툼이었다.

놀라운 것은 일본 극우파에서 문교부에서 사학계로 배정하는 돈의 10배쯤을 한국의 사학계에 주는 것으로 한국 사학계를 조종하고 있다는 것이었다.

한국 사학계의 작태에 회의를 느끼고 있을 무렵 지도 교수로부터 뜻밖의 말을 들었다.

네 아버지가 '암혈'이니 너도 암혈이 되어야 한다는 것이었다.

"예에?"

류설호가 깜짝 놀라 반문하자 지도 교수는 일본 여행 중 아버지가 그에게 했던 말과 유사한 맥락의 말을 하는 것이 아닌가.

즉, 일본이 백제의 후신이라면, 한국의 신라의 후신이고, 북한은 고구려의 후신이니 따지고 보면 신 삼국시대라고 할 수 있다.

이 삼국 쟁패에서 백제가 이겨야 한다는 말이었다.

왜 백제가 이겨야 좋은가는 백제가 해외에 눈을 돌려 중국 동해안 대부분을 복속시켰고, 일본을 개척했으니 가장 진취적인 기상을 가졌기 때문이라는 것이었다.

또한 그렇게 진취적인 기상을 가진 백제인의 후손이어서 일본이 동북아는 물론이고 동아시아 장악할 수 있었고, 멀리 미국 본토를 지배하에 두려 했다고 했다.

류설호는 이 말도 안 되는 지도 교수의 헛소리에 과감히 조교를 때려치웠다. 하지만 류설호의 호기방장은 거기까지였다.

류설호의 아버지 류무랑이 암혈임을 폭로하겠다는 협박을 받았다. 아버지가 암혈이었음이 폭로되면 한국에서도 살 수 없고 그렇다고 일본에도 발을 붙일 수 없다고 했다.

류설호가 가장 존경하는 인물은 바로 그의 아버지였다.

결국 류설호는 아버지를 위해서 그들의 협박에 굴복하고 아버지의 뒤를 이은 암혈이 되어야 했다.

〈『더 리더』 4권에서 계속〉

the 리더

1판 1쇄 찍음 2011년 8월 31일
1판 1쇄 펴냄 2011년 9월 5일

지은이 | 희 배
펴낸이 | 정 필
펴낸곳 | 도서출판 **뿔미디어**

기획총괄 | 이주현
기획 | 한성재
편집장 | 이재권
편집책임 | 심재영
편집 | 문정흠, 이경순, 주종숙, 이진선
관리, 영업 | 김기환

출판등록 | 2002년 9월 11일 (제081-1-132호)
주소 | 부천시 원미구 상3동 533-3 아트프라자 503호 (우)420-861
전화 | 032)651-6513 / 팩스 032)651-6094
E-mail | BBULMEDIA@paran.com
홈페이지 | www.bbulmedia.com

값 8,000원

ISBN 978-89-6639-250-6 04810
ISBN 978-89-6639-165-3 04810 (세트)

보건복지부위탁 실종아동전문기관의
『Missing child』 iPhone용 무료 어플리케이션
홍보 캠페인에 <u>도서출판 뿔 미디어</u>가 함께합니다!

《주요 기능》

● 실종된 아동의 사진 및 실시간 발생되는
  실종 아동 사진 검색 및 제보 기능
● 미취학 아동을 위한
  실종 예방 인형극 영상 및
  노래, 애니메이션
● 취학 아동을 위한 유괴 예방 영상

실종아동전문기관 홈페이지 <u>(www.missingchild.or.kr)</u>
또는 애플의 앱스토어에서 무료로 다운로드 받을 수 있습니다.
실종 · 유괴 없는 행복한 세상을 위해 여러분의 소중한 관심과
많은 참여를 바랍니다.

뿔
MEDIA

참신하고, 끼와 재미가 넘실대는 신무협·판타지 소설을 모집합니다.

참신하고, 끼와 재미가 넘실대는 신무협 판타지 소설을 모집합니다.

많은 장르 소설 작품을 보아 오며,
"나라면 이렇게 할 텐데……."
라고 생각하며 떠올렸던 기발한 소재와 아이디어가 있다면,
마음껏 지면에 펼쳐 보시기 바랍니다.

뛰어난 문장력? 정교한 구성력?
그런 건 그다지 중요하지 않습니다.
재미와 참신함으로 중무장된 작품이라면 열렬히 대환영입니다!

소재에 제한은 없으며, 분량은 한 권(원고지 850매 내외)입니다.
작성 양식은 자유이며, 보내실 때는 꼭 파일로 작성하여 이메일로 보내 주시기 바랍니다.

다만, 호환 마마에 버금가는 미풍양속을 저해하는 단란한 내용은 사절입니다.
특히 엔터 신공은 절대불가! 최고 결격 사유입니다.

저희 도서출판 뿔미디어와 함께
즐겁고 유쾌하게 작가의 꿈을 키워 나가시기 바랍니다.
홈페이지로도 많은 참여 바랍니다.

부천시 원미구 상3동 533-3 아트프라자 503호 (우)420-861
도서출판 뿔미디어 작품 모집 담당자 앞
전 화 : 032-651-6513   FAX : 032-651-6094
이메일 : bbulmedia@paran.com

쟁자수

태황 신무협 장편 소설

삼류들의 반란이 시작된다!
짐꾼이라 무시받던 쟁자수의 놀라운 활약!
문파인를 주목시켰던 바로 그 작품!

과거를 잊고자 스스로를 지워 버린 사내 담청운
무력한 생활을 하던 중 들어간 표국
모든 것을 비우고 새롭게 살아가리라 생각했건만
아직 과거의 그림자는 지워지지 않았다.

이제 더 이상 숨기만 할 수는 없다!
담청운, 그가 결심한 순간 모든 것이 변했다!

미완의 절대 무공 생사백! 최강의 살수비예!
둘의 절묘한 조합 아래 절정의 무인이 존재했으니……

봉인되었던 알의 투보의 전설, 사룡의 본능이 눈을 뜨고
강호의 패권을 둘러싼 치열한 암투 속에
수많은 사람의 죽음을 등에 진 쟁자수, 담청운 그의 외로운 행보

전설은 신화가 되고, 신화는 역사가 된다!

4권 발행 예정